集英社オレンジ文庫

時をかける眼鏡

魔術師の金言と眼鏡の決意

椹野道流

本書は書き下ろしです。

Contents

Characters

西《さい》條《じょう》遊《あす》馬《ま》

現代からこの世界に呼び寄せられた医学生。
母がマーキス島出身、父は日本人。

クリストファー・フォークナー

ロデリックの補佐官で、
鷹匠も務めている。

ロデリック

マーキス王国の皇太子として育つ。
父王の死により、国王になったばかり。

フランシス

ロデリックとは母が違う、第二王子。
現在は宰相として兄を補佐する。

ヴィクトリア

フランシスと同母の第三王子だが、姫として育ち、
ポートギースの王・ジョアンの元に嫁ぐ。

ジョアン

ポートギース国の王。

キャスリーン

ジョアンの娘。

イラスト／南野ましろ

時をかける眼鏡

魔術師の金言と眼鏡の決意

Toki wo kakeru Megane

一章　日々のこと、小さなこと

鷹匠《たかじょう》小屋の前の地面に平たい大きな木桶《きおけ》を持ち出し、すぐ傍にある井戸から、たっぷりと清潔な水を汲《く》みいれる。

「よーし、やるか」

西條《さいじょう》遊馬《あすま》は、晴れ渡った青空を見上げ、小さく頷《うなず》くと、だぼっとした麻のシャツの袖《そで》を二の腕までまくり上げた。

遊馬が始めようとしているのは、洗濯《せんたく》である。

（思えば、たった一日着ただけの服を平気で洗うなんて、あっちでは幸せだったよなあ。洗濯機、ほしいな。乾燥機付きなんて、そんな贅沢《ぜいたく》は言わないから）

詮無《せんな》いないものねだりをしながら、遊馬は木桶の前に低い木製の椅子《いす》を据え、腰を下ろした。

遊馬が元いた世界からこちらの世界に召喚され、もう二度目の夏だ。

たいていのことには慣れたし、我ながら諦めと順応は驚くほど早いと思う遊馬でも、このと家事については毎日のように、いわゆる「家電」が恋しくなってしまう。

遊馬の感覚では……というか、それすら映画やテレビで得たあやふやな知識からくるイメージでしかないのだが……おそらく生活レベルが中世ヨーロッパより少し近代化したくらいに相当すると思われるこの世界には、当然ながら、電気もガスもない。

たとえ今ここに洗濯機や掃除機《そうじき》があったところで、それを動かす電力はおよそ得られそうにないのだが、そこは理屈ではないのだ。

「はあ、こいつらを全部洗濯機に放り込んで、ガーッと洗ってしまいたい。干すのが面倒《めんどう》臭《くさ》いだとか畳《たた》むのが億劫《おっくう》だとか、そんな甘えたこと、もう二度と言わないからさ」

小声で泣き言を言いつつ、遊馬は足元に置いてある小さな木桶の蓋《ふた》を取った。

中には、元の世界では遊馬が一度も見たことがないもの、しかしここではなくてはならないものが入っている。

灰汁《あく》だ。

作り方は実にシンプルで、まずは暖炉《だんろ》の灰を集め、ふるいを通して細かくしてから、素焼きの鍋《なべ》に入れる。

そこに水を加えて火にかけ、掻《か》き混ぜながら沸騰《ふっとう》させた後、しばらく放置して灰を沈殿《ちんでん》させ、上澄みを取り分ければ完成だ。

沈殿した灰のほうは、焦げ付いた鍋などを洗うときの研磨剤《けんまざい》として活用されるが、上澄みの灰汁は、石鹸《せっけん》代わりに生活の色々な局面で役に立つ。

ほぼ透明の、ほんの少し黄色みがかった灰汁を洗濯用の水に少量加え、遊馬はそこに、二週間あまり着続けて、垢《あか》や埃《ほこり》ですっかり汚れた服やタオル代わりの布、それにシーツをじゃんじゃん放り込む。

洗濯物は、すべて二人分である。

遊馬のものと、彼の同居人であり、師匠《ししょう》でもあり、この世界における遊馬の身元保証人でもある、クリストファー・フォークナーのものだ。

洗濯物がすべて灰汁入りの水に馴染《なじ》むと、遊馬は次に重い革ブーツを脱ぎ捨てた。そして、これまた麻の少しごわつくズボンの裾《すそ》を、膝まで幾度も折り畳む。

「よーし、やるぞー」

自分を力づけるようにそう言うと、裸足《はだし》になった遊馬はすっくと立ち上がった。

ためらいなく平たい木桶に入ると、両足で洗濯物を踏み始める。

まるで、昔ながらのワイン農家で行われる、葡萄《ぶどう》を潰して果汁を取るときの作業のようだが、残念ながら葡萄と違って、甘くかぐわしい香りが漂ったりはしない。

炭酸カリウムを主成分とする灰汁は、アルカリ性である。

油汚れを分解してくれるかわりに皮脂《ひし》と表皮の一部も奪っていってしまうので、洗濯の後は手も足も荒れてしまい、油で保護してやる必要があるほどだ。

「ああ、ここに医療用の手袋があればなあ」

最初こそ強制的な召喚を受けてここに来た遊馬だが、一度、元の世界に戻れたにもかかわらず、自分の意思で戻ってきた。

だからこんな風に、現代社会を懐かしむような、ないものを恋しがるようなことは、言うべきではない。

そんな風に努めて自分を律していても、今日はどうも、情けない愚痴《ぐち》がついこぼれてしまう日のようだ。

（まあ、ひとりのときにこのくらいは、いいよね。クリスさんがいるときに言うと、悲しい顔をされちゃうから困るけど）

みっともない自分を今だけ甘やかし、遊馬は小学校の体育の授業でやらされたその場行進のような調子で、両腕を振り、元気よく洗濯物を踏み続ける。

どんなに頑張っても、石鹸を使ったときのようにぶくぶくと景気よく泡《あわ》が出るわけではないので、爽快《そうかい》感は皆無だ。それどころか、透明だった水が、洗濯物から出る汚れでどんどん灰色に濁っていくのを見ると、暑いのに背筋がゾッと冷たくなる。

（クリスさん、頑張ってるかな）

遊馬は汗が滲《にじ》み始めた額をシャツの袖に擦りつけ、再び空を仰《あお》いだ。

例年よりあまりにも早い、そして規模の大きな嵐の直撃により、小さな島国マーキス王国が甚大《じんだい》な被害を受けてから、はや一ヶ月が経とうとしている。

今、遊馬がいるマーキス城でも、城下町でも、あるいは外壁の外に点在するすべての集落でも、日々、建物や道路の復興が進められているところだ。

国王補佐官兼鷹匠という、滅多《めった》にないような仕事を二つも持ち、日頃は多忙を極めるクリストファーだが、今日は久しぶりに休暇を取り、城下にある実家の修繕《しゅうぜん》を手伝うべく、夜明け前に出て行った。

留守を言いつかった遊馬も、城に出仕する仕事こそ休みだが、すぐ近くの鷹匠小屋にいる五羽の鷹たちの世話と溜まり溜まった家事に追われ、朝からそれなりに忙しく過ごしている。

「うん、まあこんなもんかな」

心ゆくまで踏んでから、遊馬は洗濯物を片っ端から緩《ゆる》く絞り、恐ろしいほど汚れきった木桶の水を地面に空けて、井戸から新しく水を汲み直した。

ついでに手足を丹念に洗い、灰汁を十分に落としてから、ブーツをはき直す。

無造作《むぞうさ》に捨てたのはいわゆる生活排水だが、灰汁の材料の灰はそもそも畑の土に撒《ま》くようなものだし、垢も身体《からだ》から離れれば、ただの蛋白質《たんぱくしつ》だ。いずれも、この程度の量を流したところで、土を豊かにしこそすれ、環境を損《そこ》ねるおそれはない。

「エコっていえば究極のエコだよね、この世界の暮らし。元いた世界の一部の人たちは大喜びしそうだけど、僕はこういうの、ノーサンキューなんだけどなあ。ああ、洗濯機に掃除機。君たちを過小評価していたこと、ホントに悪かったよ。もし、もう一度あっちに帰ることがあったら、二度と粗末にはしないからね」

休まず手を動かし、洗濯物を戻して濯《すす》ぎながらブツクサ言っていると、思い出されるのは父親のことだ。

医師として海外の紛争地や発展途上国を渡り歩く生活を今も続けている父親は、帰国してたまに会う息子の遊馬に、よく「日本は便利だなあ」と言っていた。

「日本は停電も滅多にしねえし、電車もバスも時刻どおりに来るし、医療機器は整ってるし、使い捨ての物を、ホントにいっぺん使っただけで捨てやがる。水だって、蛇口《じゃぐち》を捻《ひね》れば清潔そのものの水がジャバジャバ出てくるんだしな。毎日好きなだけ水飲めて、風呂にも入れて、家じゅうピカピカ照らして、恵まれ過ぎてるぞぉ、お前たちは」

そんな父親のお決まりの説教が、ここに来る前は「不自由自慢」のように聞こえて、遊馬はいつも不愉快だった。

好きで不便な場所にわざわざ赴《おもむ》いているのだから、文句を言う筋合いはない。嫌なら日本で仕事を見つければいいだけのことで、生まれた国で普通に暮らしている自分に、恵まれた環境に対する感謝を強《し》いるような物言いをしないでほしい。

そんな自分の憤《いきどお》りがすべて間違っていたとは思わないが、こうなってみると、父の気持ちも少しはわかる。

世界には、日本にいては想像もできないほど過酷《かこく》な環境に生きる人々がいること、そうした人々の存在を知らないまま、当たり前のように今の快適な環境を甘受《かんじゅ》していてはいけないこと……広い世界を見てきた父親が、井の中の蛙《かわず》そのもののひとり息子に伝えたかったのは、そういうことだったのかもしれない。

（でも、絶対、単純に自慢の成分も含まれてたよなあ。サバイバルな環境で活躍してる俺スゲーだろ成分、けっこうあったよな。基本的に大人げないもん、あの人）

陽射しはすっかり夏の強さで、身体を動かしているとけっこう暑い。

器用にシャツの袖で顔の汗を拭きながら、遊馬は、父親の無精髭《ぶしょうひげ》を生やしたワイルドな顔や、よく日焼けした腕を思い出して小さく微笑《ほほえ》んだ。

昔から、組織やしがらみを嫌い、気持ちを偽ったり社交辞令を言ったりすることができず、年功序列が苦手な遊馬の父親にとっては、日本という国はあまりにも息苦しく、暮らしにくい場所だったのかもしれない。

不自由な環境が好きだというよりは、たまたま、自分らしくのびのびと生きられる場所がそういうところだったのだろう。

だからこそ、何度帰ってきても、すぐにまた半年単位で旅立ってしまう父親を、マーキス島出身の母親は、「お父さんは生まれる場所を間違えたのね」と、独特の訛《なま》りの残る日本語で言い、笑顔で見送っていた。

「僕は、現代日本大好きなんですけど。生まれる場所、全然間違ってなかったんですけど。でも……こういうの、実際に経験してみないと、確かに大変さも達成感も理解できなかったよね」

濯ぎ終えた洗濯物を今度は固く絞って大きなカゴの中に次々と放り込み、遊馬はずり落ちてきた眼鏡《めがね》を肩で押し上げた。

現代社会から持ち込んだもののほとんどは、この世界では役に立たないし、多くは既に失われてしまった。

だが、極度の近視である遊馬にとって、この世界の技術ではまだここまで精巧に作るこ

とができない眼鏡だけは、絶対に手放せない、損ねることのできないアイテム……という
より、もはや身体の一部である。

「さてと」

立ち上がった遊馬は、今度は束ねた縄を手に立ち上がった。

物干し棹《ざお》などないので、そのへんの木の幹に縄を結びつけてピーンと張り、そこに洗濯物を干していく。勿論《もちろん》、一本ではとても足りないので、その辺りじゅうの木々に協力を仰ぐこととなる。

あっと言う間に、小さな鷹匠小屋の周囲は洗濯物で賑《にぎ》やかになった。今日は風もあまりないので、いちいち裂け目を入れた枝で留めなくても、洗濯物が落ちることはないだろう。

「よっし」

満足げに手を叩き、遊馬はまくり上げたままだったシャツの袖とズボンの裾を元に戻し、空を見上げて眩《まぶ》しそうに目を細めた。

傾いた太陽は大きなトマトのように見え、世界をオレンジ色に優しく染めている。

あれこれやっていたら時間が遅くなってしまったので、洗濯物は朝まで干しておかなくてはならないだろう。幸い、鷹匠小屋は城壁の内側にあるので、とりわけ治安がいい。盗まれる心配は、まずないはずだ。

木桶《きおけ》をざっと洗って小屋の前に干し、灰汁《あく》の入った容器を片付けると、遊馬は休憩を取らず、そのまま鷹小屋へ足を向けた。

今日は、鷹匠のクリストファーが不在なので、放鳥訓練はない。鷹たちは小屋で、のんびりと英気を養っている。

いくら立場上は「鷹匠の弟子」だといっても、遊馬は鷹についてはまだまだ素人《しろうと》だ。訓練どころか、ひとりのときには、直に鷹に触れることすら許されていない。

弟子としての遊馬の主な仕事は、鷹たちの食事の準備と、小屋の清掃である。

食事は、今の時期は朝一度だけなので、日暮れまでに遊馬がやらなくてはならないのは、小屋の床掃除であった。

「はーい、僕ですこんにちはー！」

警戒心の強い鷹たちを驚かせないよう、扉を小さくノックして声をかけてから、遊馬は扉を開いた。

鳥臭《くさ》い、という感覚はここに来るまでまったくわからなかったが、クリストファー曰《いわ》くの「羽根の油」の臭《にお》いと糞《ふん》の臭いが混ざり合った、独特の臭気が鼻をくすぐる。

無論、芳香とは呼べない臭いだが、不思議と不快ではない。

小屋の内部は通路の左右に三つずつ仕切りがあり、鷹たちは、それぞれ自分の仕切りの中に入っている。

さすがに自由に飛び回るほどの広さはないが、高さが十分にあるのでゆったりした空間にそれぞれ太い止まり木が据え付けられ、鷹たちはそこで静かにくつろいでいる。

「お掃除に参りました〜。失礼しまっす」

まるでメイドのように恭《うやうや》しく挨拶《あいさつ》をしながら、遊馬は小屋の入り口に立てかけてある熊手にそっくりな大きなフォークを取った。

鷹小屋の床は、いかにも切れっ端を継ぎ合わせたらしき凸凹《でこぼこ》のある板張りで、その上には短く切った藁《わら》が敷き詰められている。言うまでもなく、麦を刈り取った後、日に干し、脱穀《だっこく》した後に残ったものだ。

排泄物《はいせつぶつ》を受け止める以外にも、水分を吸い込んだり吐き出したりして室内の湿度を調節し、地面からの冷気や熱気を和《やわ》らげてくれたりもする。鷹を養うのに欠くことのできない、大切なアイテムだ。

「今日も、いじめないでくれよ」

そんな願いを口にして、遊馬は仕切りの扉をひとつずつ開け、汚れた藁をかき集めて大きな麻袋に回収し始めた。

汚れた藁も、ただ捨てたりはしない。

定期的に、場内の菜園や果樹園を世話する人々が、人間の糞尿と共に回収していく。それらすべてが時間をかけて堆肥《たいひ》となり、再び野菜や果物を育てる糧《かて》となるのだ。

鷹匠の弟子になったばかりの頃、警戒心の強い鷹たちに、遊馬は掃除のたび、どこかしらから出血するほど突かれていた。しかし毎朝毎夕、クリストファーと共に一生懸命世話をするうち、鷹たちも、なつくまではいかずとも、自分たちに害を為す者ではない、という認識くらいはしてくれたらしい。

今では、機嫌の悪いときでない限り、無闇に突かれることはなくなった。

特に、国王の所有物である他の鷹たちと違い、鷹匠のクリストファー自身の愛鷹であるヒューゴは、遊馬にも少しばかり心を開いてくれているようだ。

今日もヒューゴだけは、屈んで掃除をしている遊馬の背中に飛び乗って驚かせるというような、いささか子供っぽい悪戯《いたずら》をしかけてきた。

遊馬が驚くと、素知らぬ顔で止まり木に戻り、何ごともなかったかのようにそっぽを向く。鷹というのは、意外と茶目っ気のある、表情豊かな生き物なのだ。

藁をすべて回収したら、今度は新しい藁を敷き直す。鼻が馴《な》れたせいもあるのだろうが、鳥臭さがほとんど消え、新しい藁の清々しい香りが小屋の中に満ちて、遊馬は嬉しい気持ちになる。

「うん、今日もいい感じ」

フォークを持ったまま、遊馬は綺麗《きれい》になった小屋の中を満足げに見回した。

そのとき、背後で扉が開き、彼はビックリして振り返った。

立っていたのは、師匠《ししょう》のクリストファーである。

登城するときは、パリッとした国王補佐官の衣装を身につける彼だが、今日は私的な外出だったので、古びた普段使いのチュニックを着込んでいる。よく見るとあちこちに継ぎが当たっているが、それは、意外と手先が器用な彼自身が繕《つくろ》ったものだ。

「お帰りなさい、クリスさん」

「おう、今帰った。鷹たちの世話を任せてしまって、悪かったな」

「いいんですよ。もう終わりました」

遊馬が掃除道具を片付けている間に、クリストファーは鷹たちにひととおり挨拶を済ませ、二人は連れ立って鷹匠小屋へ戻った。

共に、桶に汲《く》んだ水で手を洗いながら、遊馬は師匠に問いかけた。

「ご実家のほう、修繕《しゅうぜん》は終わりました？」

クリストファーは、相変わらず精悍《せいかん》だが今日はいささか疲れた顔で答える。

「いや、まだまだだな。まあ、とりわけ力の要る作業は軒並《のきな》み片付けてきたから、あとは弟たちと父でどうにかできるだろう」

「よかった。お疲れ様でした。でもやっぱり、僕も手伝いに行ったほうがよかったんじゃないですか？　そりゃ、大した戦力にはなれませんけど、それでも人手は多いほうがいいでしょう？」

「そういうわけにはいかん。いくら弟子でも、俺の私的な用事に使い立てするのは、明らかに筋違いだからな」

生真面目《きまじめ》な性格そのものの発言に、遊馬は思わずクスッと笑った。

「クリスさん、そういうとこ滅茶苦茶《めちゃくちゃ》ホワイトですよねえ」

「ホワイト？　どういう意味だ、それは？」

「ええと、凄《すご》く真っ当だってことです」

「褒《ほ》められたのか？」

「とっても。僕のいた世界じゃ、最上級の褒め言葉のひとつですよ」

「ほう？」

現代日本のブラック企業について言及するのはやめにして、遊馬はクリストファーが使った布を受け取り、手を拭きながら言った。

「クリスさん、実家で夕飯食べてくるかなって思ったので、あり合わせで済ませるつもりで、何も用意してないんです。昨日の豆のスープがまだありますから、それとパンでいいですか？」

するとクリストファーはやけに得意げに、抱えて帰ってきた素焼きの鉢《はち》の覆《おお》い布を取り、遊馬に見せた。

「思いがけない食材が手に入ったんでな。お前と食おうと思って、急いで帰ってきたんだ。今夜はちょっとしたご馳走《ちそう》だぞ、アスマ」

決して陰気な性格ではないものの、普段はあまり浮かれた様子を見せることはないクリストファーが、明らかに声を弾ませている。

遊馬はやや訝《いぶか》りながら、クリストファーに歩み寄り、鉢の中を覗《のぞ》き込んで「わっ」と声を上げた。

鉢の中には、輪切りにされた骨が六つほど入っていた。人間の骨よりずっと太い。周囲には赤い肉がほんの少しこびりつき、断面からは、ブヨンとしたゼリー状の骨髄《こつずい》が覗いている。

「骨？　それ、なんの骨なんです？　太いから人間じゃないな。っていうか、そもそも僕らは人間なのに、骨なんて食べられませんよ」

遊馬が呆《あき》れ顔でそう言うと、クリストファーもまた、「お前は何を言っているんだ」と言いたげに、ギョロ目を剝《む》いた。

「牛の骨だ。実家の近所で婚礼があってな。このご時世だ、贅沢《ぜいたく》はできんが、年老いた牛を屠《ほふ》ったらしい。夏は日持ちがせんから、気前の良いお裾分《すそわ》けを貰った」

「牛の骨……屠った……お裾分け」

遊馬は口の中で呟《つぶや》いた。

元の世界では、肉はスーパーマーケットや精肉店で買うものだと思い込んでいた。薄切り、ステーキ用、生姜焼《しょうがや》き用、挽《ひ》き肉……いずれも料理に使う形状に整えられ、生き物だったときの姿を想起させる要素は乏《とぼ》しかった。

しかし、この世界に来て以来、遊馬は色々な局面で、自分が食べるものについて考えざるを得なくなった。

野菜や果物、そして魚はともかく、肉に関しては、遊馬にはちょっとしたトラウマがある。

ここに来て以来、何度となく、家畜を屠殺《とさつ》し、解体するところを目撃した。

さらに、クリストファーが鷹を訓練するとき、あるいは鷹たちを「仕事」に連れていくとき、鷹たちはウサギや他の小動物や鳥たちを狩る。

鷹たちが押さえ込んだ動物にとどめを刺すのは、たいてい人間の役目だ。

最初に何度かクリストファーが手本を見せてくれたが、それからは、弟子である遊馬の務めとなった。

（初めてのときは、ナイフを持った手が震えて、足も竦《すく》んで……クリスさんに叱《しか》られたっけ。いたずらに獲物を苦しませるな、一秒でも早く楽にしてやれって）

遊馬の視線は、鉢の中の骨から、自分の両の手のひらへと移る。

生まれて初めて生きたウサギを殺したとき、遊馬はしばらく、全身の震えが止まらなかった。

弱々しくもがいていたウサギが動かなくなり、生温かい血が遊馬の手を汚しながら、地面に滴《したた》っていく。その血の上に、恐怖とも悲しみとも後悔ともつかない大粒の涙が、ポタポタと落ちた。

そのとき、クリストファーは慰めも叱責《しっせき》も口にせず、ウサギを無造作《むぞうさ》にぶら下げて歩き出した。

遊馬はヨロヨロ立ち上がると手とナイフの血を拭《ぬぐ》い、子供のようにべそをかきながら、大きな背中を追いかけて歩いたものだ。

血抜きをしたウサギは、それから数日間、鷹匠《たかじょう》小屋の涼しい台所の梁からぶら下げられていた。なんでもウサギの肉は、しばらく熟成させると旨《うま》くなるらしい。

その哀れな姿を正視できず、台所ではずっと俯《うつむ》いている遊馬を、クリストファーは叱ろうとはしなかった。ただ、食べ頃になったウサギの皮を丁寧《ていねい》に剝《は》ぎ、解体して、ハーブと人参《にんじん》、それにキクイモに似た味の芋《いも》と共に鍋《なべ》に入れ、シチューを作ってくれた。

あの、生きようと必死でもがいていたウサギの肉だと思うと、とても食べられない。

そう思ったのに、熱々のシチューの中で抜群《ばつぐん》の存在感を見せる、スプーンで触れただけでホロリと骨から外れる柔らかな肉は、驚くほど美味《おい》しかった。

淡泊《たんぱく》で、鶏肉に似ていて、癖《くせ》がない。滋味《じみ》という言葉がふさわしい、深い味わいだった。

新鮮な肉を口にするのが久しぶりだったせいもあるだろうが、ウサギの肉の味が身体《からだ》じゅうに染み渡ったと感じた瞬間、遊馬の頭の中で、何らかの回路が切り替わった。

自分の腹を満たす行為、すなわち生きることとは、他の命を奪うこと。

獲物を追い、仕留め、解体し、調理する。

自分の手で命を奪い、その肉体を自分の血肉に変えるプロセスを経験することで、遊馬は初めて、生まれてからずっとやってきた「生きる」ことの意味を、ようやく本当に理解したのである。

それでもウサギに申し訳ないという気持ちを捨てきれず、べそべそと泣きながらお代わりしてシチューを貪《むさぼ》る遊馬を、クリストファーはやはり無言で見守っていた。

そして後日、彼は遊馬が生まれて初めて手にかけたウサギの皮を丁寧に加工して、小さなポーチを作ってくれた。フラップの留め糸を引っかけるボタン代わりに使ったのも、ウサギの小さな骨という徹底ぶりである。

それを遊馬に差し出し、クリストファーはこう言った。

「あのウサギが、お前を末永く守ってくれるだろう」

ありがたく受け取りつつも、遊馬はクリストファーの言葉がどうにも腑《ふ》に落ちなかった。自分が命を奪ったウサギが、自分を守ってくれることなどあり得ない。

むしろ遊馬としては、ウサギに恨まれ、呪われても文句は言えない……そういう思いがあった。

しかし、そんな疑問を素直にぶつけてみると、クリストファーは「お前は変わったものの考え方をするんだな」と、驚きを露わにした。

そのときのクリストファーの言葉を、遊馬は折に触れて思い出す。

「己の命を奪って生き延びた相手がくだらない理由で早死にしては、ウサギもはらわたが煮えくり返るだろうよ。貴様はなんのために俺の命を奪ったのかと、それこそ化けて出るんじゃないか？　一秒でも長く生き、ほんの僅《わず》かでも良きこと、実りのあることをせよと、俺がウサギならお前にそう言う」

よもやウサギがそんなことを考えながら死んでいったとは、いかに素直な遊馬とて信じ難い。

だが、師匠の力強い一言一言は、まるで乾いた土に降る雨のように、遊馬の心に深く滲《にじ》み通った。

百人いれば、百人に違う考えがあるだろう。

それでも、クリストファーの実に前向きな力強い考え方が、そのときの遊馬には実にしっくりきたのである。

罪悪感も恐怖もすぐには消えはしないが、それでもそこに感謝を加え、日々の食事にもっと真剣に向き合っていこうと、そのとき以来、遊馬は心に決めている。

かつてウサギの血に濡れた手のひらから、ベルトに通して腰に着けたあのウサギ革のポーチ、それからもう一度、鉢の中の骨を見やり、遊馬は微笑《ほほえ》んだ。

「牛かあ。そりゃ太いはずですね。脛骨《けいこつ》あたりかな」

「け……？　部位は知らんが、とにかく今朝屠ったばかりの新鮮な骨だ。貰いものだからな。肉のほうがよかったなどと不平は言えん。それに、骨の周りに、少しくらいは肉もついている」

「ホントだ」

少し残念そうな師匠の顔を見上げ、遊馬は小首を傾《かし》げた。

「それはともかく、その骨をどうするんです？　出汁《だし》をとるんですか？」

「無論、出汁もとるが、これはこれで食える」

「骨を？　いくらなんでも硬すぎませんか!?」

「骨以外を、だ。まあ、見てろ」

そう言うと、クリストファーは鉢を抱えたまま小屋へ入っていく。

遊馬も首を捻《ひね》りながら、師匠の背中を追いかけた。

外は幾分明るさが残っているが、ごく小さな窓しかない小屋の中は、もうかなり暗い。

二人は暖炉《だんろ》の熾火《おきび》でロウソクに火を点けた。

城内では蜜蠟《みつろう》製の上等なロウソクを使うが、鷹匠小屋では、豚の脂《あぶら》で作った、少しばかり獣臭いロウソクを使う。煤《すす》も多いが、とにかくこの世界では、夜に灯りがあるというだけで十分にありがたい。

「さて、まずは、一緒に貰ってきたこいつを使って……」

台所に立ったクリストファーは、革の小袋を取り出した。中に入っているのは、いささかざらっとした白い粉である。よく見ると、黄土色の粒がたくさん交じっている。

遊馬は小首を傾げた。

「粉？　小麦粉ですか？　ちょっと粒が粗《あら》いみたいですけど」

クリストファーは、粉を素焼きの小さな椀《わん》に注意深く移しながら頷《うなず》いた。

「城の厨房《ちゅうぼう》に納める最上級の小麦粉を篩《ふる》い分けた後の残り……その中でも特に粗い小麦粉だ。パンには向かんが、こういうことには、これで十分だ」

そう説明しながら、クリストファーは小麦粉を少量の水で溶き、ネトネトしたペーストを作ると、骨の断面をきっちりと覆った。

「こうしておかないと、料理をしているうちに、髄が『旅に出て』しまうからな」

「……ふーん？」

いったいどんな料理を作るつもりなのかよくわからないまま、遊馬も作業を手伝う。

それぞれの骨の両端を小麦粉ペーストで閉じてしまうと、クリストファーは、それらをすべてを麻布で風呂敷包みのように包んだ。

「どうするんです？」

「こうするんだ」

作業を首を傾げながら見守る遊馬をよそに、クリストファーは慣れた様子で、暖炉の火の上に据えた、脚付きの鍋の蓋《ふた》を取った。

そして、中でグラグラ沸き立っている湯の中に、布ごと骨を放り込んだ。あとは、塩を豪快に一摑《ひとつか》み入れ、また蓋をする。

「それだけ?」

「それだけだ。しばらく煮込む」

「へえ。どうなるんだろ。楽しみだな」

遊馬がワクワクしながらそう言ったとき、小屋の戸が小さくノックされた。

遊馬とクリストファーは、思わず顔を見合わせる。

外は、かなり暗くなっているはずだ。

遊馬がいた世界では、街の灯りは一晩中消えることはなかったが、この国には、街灯など一本もない。

夜は、街角に設置された大きな松明《たいまつ》、自分の持つささやかな灯り、そして月や星の光が頼りなので、よほどのことがない限り、人々は日没後に家から出たりはしないのだ。

城壁の内側なので、狼や野犬に襲われる心配はないし、治安も島でいちばんいいと言えるが、それでも、こんな時刻に鷹匠小屋をわざわざ訪ねてくる者は滅多《めった》にいない。

「クリスさん、もしかして」

「……お前はそこにいろ」

クリストファーは苦虫《にがむし》を嚙《か》み潰したような顔で、帰宅したときテーブルの上に置いた短剣を、鞘《さや》から抜き放った。

それを片手でしっかり持ち、扉に口を寄せて「何者か」と低く訊ねる。

だが、扉の向こうからの返事はない。ただ、軽いノックが奇妙なリズムで繰り返されるだけだ。

（まるで、モールス信号みたいなノックだな。いったい誰だろ）

遊馬が訝《いぶか》しんでいると、クリストファーは「まったく」と、やけに忌々《いまいま》しげに言った。

そして、短剣を鞘に戻すと、空いた手に今度は燭台《しょくだい》を持ち、あっさり扉を開いてしまう。

どうやら、あの奇妙なリズムのノックは、こちらの世界の「開けゴマ」的な合図だったらしい。

そこに立っていたのは、フード付きの濃い灰色のマントに頭のてっぺんからくるぶしあたりまでスッポリ覆《おお》われた、長身の人間だった。さほどガッチリはしていないようだが、おそらく男だろう。

その姿を見ても、クリストファーは少しも驚かなかった。遊馬は、ややドキドキしつつ、鍋の前で突っ立っている。

「そんなところで、何をなさっておいでですか」

警戒の色はなく、むしろ冷ややかでありながら実に丁重な言葉選びで投げかけられたクリストファーの問いかけにようやく応じたのは、遊馬にも聞き覚えのある声だった。

「それが、わざわざ足を運んだ者に対する言いようか。我がただひとりの学友が、さように冷酷《れいこく》であろうとは、まことに嘆《なげ》かわしい」

陰鬱《いんうつ》な声の響きに恨めしげな言葉選びとは裏腹に、どこか事態を面白がっているような口調。

それがある人の顔を遊馬に思い起こさせたときにはもう、クリストファーは自宅の玄関で恭《うやうや》しく跪《ひざまず》いていた。遊馬も大慌てで、その場で同様にする。

「よい。この小屋はわたしの居城の内にあるが、同時にそなた自身の『城』でもある。執務室でのように振る舞う必要はない。そうであろう、クリス?」

親しげにクリストファーの名を呼び、目深《まぶか》に被《かぶ》っていたフードをパサリと後ろへ落としたその人物は……。

「ならば、ご無礼ながら申し上げます、陛下。供の者もお連れにならず、かようなむさ苦しいあばら屋へ御みずからお出ましとは、あまりにも御身を粗末になさる行動。御身は御身だけのものにはあらず、自重していただかねば困ります」

陛下、と呼ばれた男は、不服そうにほっそりした顔をしかめる。

そう、それはこのマーキス王国を統《す》べる、ロデリック王その人であったのだ。

「小言《こごと》は後にせよ、クリス。わざわざかような場所まで足を運んだ一国の王を、そなた言うところのあばら屋の戸口に夜通し立たせておくつもりか？」

尊大に言い放つ王の顔には、執務中には決して見せない、いたずらっ子のような笑みが浮かんでいる。

かつて、先代鷹匠の跡継ぎ息子として、国王の鷹狩りに同行していたクリストファー少年は、先代国王の目に留まり、家臣たちの反対を押し切って、幼いロデリック王子の学友に取り立てられた。

以来、クリストファーは二心ない忠臣としてロデリックを支え続け、またロデリックにとっても、クリストファーはただひとりの親友なのである。

さすがに国王に即位後は、いわゆる「右腕」の役目は、ロデリックの実弟であり宰相《さいしょう》でもあるフランシスが果たすようになったが、それでもロデリックは、国王補佐官として、クリストファーを今も傍近くに置いている。

普通なら、フランシスに疎《うと》まれ、遠ざけられ、あるいは謀殺《ぼうさつ》されても不思議のない立場だが、そうならない理由は二つある。

ひとつは、クリストファーの朴訥《ぼくとつ》かつ実直な人柄だ。誰かを陥《おとしい》れたり、陰謀を企《くわだ》てたりといったことがあまりにも苦手な裏表のない性格のおかげで、基本的に疑り深いフランシスも、国と国王に対するクリストファーの忠誠心を疑うつもりはないようだ。

もうひとつは、もっと現実的な要素である。

学者肌、芸術家肌のロデリックは、いざというときは実に頼もしい判断力を発揮するが、退屈な日常業務からは隙《すき》あらば逃げだそうとする。そんな国王を叱《しか》りつけ、机の前に引き戻す役目をクリストファーに押しつけておけば、多忙を極めるフランシスとしては、自分の仕事に安心して専念出来るので大助かりなのだ。

とはいえ、クリストファーが咎《とが》めているように、国王が日没後に単身で出歩くなど、それが城壁内であっても許されるべきことではない。

「まったく、ご即位以来、国王としての自覚ができておいでだと思っておりましたのに」

立ち上がって一歩下がったクリストファーの叱責《しっせき》とも嘆きともつかない言葉に、スルリと小屋に入ってきたロデリックは、むしろ楽しげに言い返した。

「何を申すか。よき治世を行うには、王たるわたしの心身が健《すこ》やかであらねばならぬ。適宜、休息を摂《と》り、気晴らしをすることが、すなわち王の責務の一つであるぞ」

「……また、適当なことを仰《おお》せになって」

弁の立つロデリックに口で勝とうなどとは最初から考えていないのだろう、クリストファーは渋い顔で、顔つきからはわからないが実はご機嫌な王を居間へ誘おうとして、ふと思い返した様子で足を止めた。そして、背後のテーブルから木製の粗末な椅子《いす》を引きだし、ざっと埃《ほこり》を払った。

「とりあえず、そちらへ。お話を伺《うかが》うならば、居間よりこちらのほうがよろしいかと。国王陛下に座っていただくようなものではありませんが」

「構わぬ。かような折は、王と呼ぶでない」

「……まったく、ロデリック様は」

子供時代から呼び慣れた、しかしロデリックが即位後は、決して公《おおやけ》の場では発しなくなった名を大切そうに口にして、クリストファーは台所へ向かう。

すれ違いざま、お前が場を繋《つな》げというように肩を叩かれ、遊馬はおずおずとテーブルに近づいた。

ロデリックは、勝手知ったる部下の家といった趣《おもむき》で、マントを脱ぐと壁に打ち付けた太い釘に引っかけ、丈の長い真っ黒な長衣という、今や彼のトレードマークになっている服装で、椅子に腰掛けた。

これまた漆黒《しっこく》の艶《つや》やかな長髪は、今日は緩《ゆる》く編んで背中に垂らしている。

「こんばんは、ええと……陛下」

「今さら、さように畏《かしこ》まるでない。そなたとは、短い間とは申せ、獄中《ごくちゅう》で共に過ごした仲ではないか。それにそなたは、わたしの命の恩人なのだからな」

もじもじと挨拶《あいさつ》をした遊馬に、ロデリックはテーブルに片肘をつき、リラックスした様子で苦笑いする。

「確かにそうでした」

遊馬も、つい釣り込まれて笑ってしまった。

ロデリックと出会ったのは、遊馬がこの世界に召喚されて間もないときだった。人殺しに関与した疑いで放り込まれた地下牢《ちかろう》の隣の房に、先王の殺害容疑をかけられたロデリックがいたのである。

不便な牢での暮らしさえ飄々《ひょうひょう》と楽しんでいたロデリックの印象はあまりにも鮮烈で、それ以来、彼がどれほど突拍子もないことを言ったりやったりしても、遊馬はさほど驚かずにいられる。

遊馬はクリストファーが置いていった燭台の火を、卓上の太いロウソクに移し、テーブルの真ん中に置いた。普段は一本きりだが、今夜は王のために室内を明るくしようと、二本に点火する大盤振る舞いだ。

「ところでロデリックさん、どうしたんですか？　ひとりきりでここに来るなんて、何か深刻な問題でも起こったんですか？　また、暗殺未遂《みすい》か何か？」

「おい、物騒なことを言うな、アスマ」

国王をもてなすにはあまりにも粗末だが、リンゴ酒を満たした素焼きのジャグといちばん上等な錫《すず》のカップという、この小屋では精いっぱいのもてなしの品を運んできたクリストファーは、遊馬を窘《たしな》めつつ、彼以上に心配そうにロデリックに問いかけた。

「もしや、フランシス様と諍《いさか》いでも?」

「あれと諍いなど、日々、繰り広げておるわ!」

ろくでもないことを断言し、ロデリックはさも当然といった様子で少し歪んだ錫のカップを取り、クリストファーにリンゴ酒を注がせて、軽く鼻を近づけてから一口飲んだ。

「なかなかに旨《うま》い。城で供《きょう》される葡萄酒《ぶどうしゅ》より、わたしの口には合うようだ」

「そんなことを言わんでやってください。料理番が泣きます」

無愛想にそう言いつつ、クリストファーはロデリックの向かいの椅子にどっかと座った。

城内ではこれまた絶対に許されざる行為だが、プライベートの場では、クリストファーに昔のように「学友」として振る舞ってほしい。そんなロデリックの望みを、いちばん理解しているのは他ならぬクリストファーなのだ。

「では、御用向きはいったい……」

「そなたにはことさらに用はない」

「は？」

目を剝《む》くクリストファーをサラリと無視して、ロデリックは遊馬のほうを見た。視線で掛けるように指示され、遊馬は戸惑いながらも、クリストファーの隣に腰掛ける。

「もしかして、僕にご用ですか？」

ロデリックは頷《うなず》き、口を開いた。

「先日、そなたは言うておったな。ポートギースのジョアン王は、捕らえた山賊《さんぞく》の罪を赦《ゆる》し、召し抱えたと」

ああ、と遊馬は懐かしそうに頷く。

ロデリックの末の弟ヴィクトリアは、女装の麗人《れいじん》、姫王子として、山間《やまあい》の小国ポートギースに嫁《とつ》いだ。彼の夫となったのが、ポートギース国王ジョアンである。

クリストファーと遊馬は、ヴィクトリアの輿入《こしい》れに付き従い、しばらくかの国で過ごし、様々なことを経験した。

ジョアンと亡き前妻の間に生まれた王女にして王位継承者キャスリーンが、山賊に誘拐《ゆうかい》された事件も、その一つだ。

ヴィクトリアへの反感や父王への憤《いきどお》りから、キャスリーンがみずから山賊に身を委《ゆだ》ねるという愚行《ぐこう》を犯し、ヴィクトリアが遊馬やクリストファーを従えて山賊のアジトに殴《なぐ》り込みをかけるという、厳格で心配性なフランシスがいたら真っ先に卒倒したに違いない大事件だった。

その折に捕縛《ほばく》された山賊たちに、ジョアンは数ヶ月の労役《ろうえき》を科した後、いくつかの選択肢《し》を与えた。

ポートギース城において、給与は微々《びび》たるものだが家臣として身を惜しまず働くか、城下に暮らす跡継ぎのない職人たちの弟子となり、仕事を手伝い、技を身につけるか……あるいは、山賊のまま死罪となるか。

てっきり死刑宣告を受けるとばかり思っていた山賊たちは、大いに戸惑い、ざわめいた。

そんな彼らを前に、お人好しを絵に描いたようなジョアン王は、温厚な口調で告げた。

「お前たちが山賊になったのは、貧しさゆえだろう。その責任の一端は、王であるわたしの不甲斐《ふがい》なさによるものだ。ゆえに、お前たちに詫《わ》びると共に、頼みたい。わたしと共に、この国を盛り立て、支えてはくれまいか。誰も飢えることなく、笑顔で暮らせる国を作りたい。手伝っては、もらえないだろうか」

と。

「結局、誰も死罪を選びはしなかったと、そなたは言うておったな？」

問われて、遊馬はまた一つ、大きく頷く。

「ええ。家臣の中には、山賊を城に入れたり、職人さんのお家に住み込ませたりさせたら、きっとまた悪事を働くって、反対した人がたくさんいたんです。クリスさんも僕も、凄《すご》く心配しました。でも、ヴィクトリアさんは、そのときはそのときだって」

「そのときは、そのとき。また、己が剣を取ると、あれは申したか？」

「はい。でも、きっとそんなことにはならないだろうって。ジョアン陛下には不思議な魅力があって、あの顔で微笑《ほほえ》まれたら、剣を握った手から力が抜けてしまうだろうから……そう言って、笑っておられました」

「わからぬでもない。徒手空拳《としゆくうけん》で身を投げ出し、それでも微塵《みじん》も怯《おび》えぬのがあの御仁《ごじん》だ。我が義弟どのは、誰よりもひ弱に見えるが、誰よりも肝《きも》が据わっておられる」

ロデリックの瘦《や》せた青白い顔にも、親しげな微笑みが浮かぶ。

決して社交的とは言い難いロデリックだが、ジョアンのことは、ヴィクトリアの配偶者《はいぐうしや》というだけでなく、実はしたたかでやり手の国王として、一目置いているらしい。

「あのとき、ジョアン陛下を中心にして、何だか不思議な感動みたいなものがさーっと広がっていく感じ、忘れられないなあ」

遊馬はしみじみとそのときのことを回想したが、クリストファーは深刻な面持《おもも》ちで、主の顔を透かすように見た。

「まさか、ロデリック様。我が国でも、同様のことをなさろうと……？」

ロデリックは瞬きで肯定の返事をする。クリストファーはギョロリとした目を剝いた。

「なりません。そのようなこと、フランシス様が同意なされるはずがない」

「だからこそ、こうして単身、此処《ここ》に赴き、話しておるのではないか。当たり前のことをいちいち申すな」

ピシャリと幼なじみを窘め、ロデリックは遊馬にひたと視線を据えた。

「城では、落ちついて話を聞くことが到底できまいと思うたのだ。……アスマ。そなたに問いたい」

「はいっ」

ロデリックの厳《おごそ》かな呼びかけに、いつもはシニカルで悠々《ゆうゆう》と構えている彼が恐ろしく真剣であることを感じて、遊馬は思わず背筋をピンと伸ばす。

「そなたが元いた世でも、さようなことは行われておったのか？」

シンプルな問いかけに、遊馬は考え考え答えた。

「そうですね。必ずしも上手《うま》くいってはいないみたいですけど、服役中……ええと、牢に入っている間に、知識や技術を身につけさせて、刑期が終わったあと、社会で働いて生きていきやすくする仕組みはあります」

「ふむ。ただ罪人を牢に繋ぐだけではなく、さように手厚く世話をするのか？」

両肘をテーブルにつき、ロデリックは口の前で両手の指を交差させた。話をじっくり聞くときの、彼のお決まりのポーズだ。

「服役って、罪を償《つぐな》う期間でもあり、もう一度、生き直すための訓練を受ける期間でもあると思うんですよね。だから僕は、ジョアン陛下が山賊たちに社会復帰の機会を与えるって決めたとき、凄くいいアイデアだと思いました。勿論《もちろん》、危険もあったわけですけど」

「ふむ。ジョアン王は、なにゆえさような考えに至ったのだろうな」

「ああ、それは」

遊馬は思いだし笑いをして、チラとクリストファーを見た。クリストファーは、対照的に苦い表情で、こう言った。

「牢に入れるならば、衣食住を保証せねばならぬ。生きるだけで精いっぱいの民が、国を支えるべくどうにか工面してくれた税でただ罪人を養うよりは、共に国を盛り立てる人間をひとりでも増やしたほうがよかろうと。奥方様……ヴィクトリア様も、同じ考えでいらっしゃいました」

「滅茶苦茶《めちゃくちゃ》合理的ですよね。僕がいた世界の考え方に近いと思います」

「ふむ……」

考え込んだロデリックに、クリストファーは軽く苛立《いらだ》った様子でこう言った。

「ロデリック様。我がマーキスは、ポートギースほど困窮《こんきゅう》してはおりません。わざわざ罪人を解き放ち、治安を悪くする必要はないかと。何故さようなことを、唐突《とうとつ》にお考えに？」

するとロデリックは、こう答えた。

「先だっての嵐で、地下牢の一部が崩壊したであろう。地下牢に入っていた罪人どもは、皆、他の牢に移してあるが、そこはあまりにも手狭だ。かというて、国じゅうが修繕《しゅうぜん》や建て直しを必要としておる折、新たな牢の建設や地下牢の補修に大枚を費《つい》やすのはいかにも無駄なことだと思うてな」

頭から反対する気まんまんだったクリストファーも、それには素直に同意する。

「確かに。国の財には限りがあります。それはまず、良き民のためにこそ使われるべきであって、罪を犯した者たちのために費やされるのは実に不都合かと」

「かと言うて、きゃつらをいたずらに劣悪な環境に置き、飢えさせることは、王として許される振る舞いではない。罪人であれ、我が国の民に変わりはないゆえな」

「なるほど。そういうことですか」

遊馬はうーんと唸《うな》った。

「僕の国には、恩赦《おんしゃ》ってシステムがあって、国に何か慶事《けいじ》があったときなんかに、罪を減じて一部の罪人を釈放したりするらしいんですけど……」

それを聞くなり、クリストファーは再び声を尖らせる。

「それはわけのわからんやり口だな。国の慶事で個人の罪が目減りするなど、聞いたこともない。まして此度《こたび》は嵐による被害だ。慶事の対極だろうが」

遊馬は、困り顔で首を捻る。

「僕も変なシステムだとは思いますけど、牢に入っている人の数を単純に減らすなら、そういうやり方もあるって選択肢を示してみただけです。それはイマイチですよね？」

「フランシスにはかるまでもなく、わたしもそれは気が進まぬ。というより、筋が通らぬ」

ロデリックも、不愉快そうな面持ちで言った。遊馬は、二人の反応にむしろホッとして頷いた。

「僕も同感です。だけど、裏を返せば、嵐の被害で国じゅうが大変で、死んだり怪我《けが》をしたりした人もたくさんいて、復興作業にあたる人の数も不足してるわけですよね？」

二人の男の顎《あご》が、同時に上下する。

「だったら、罪人の中で役に立つスキル……つまり技術を持ってる人や力持ちの人には、復興作業の現場で働いてもらって、その成果に応じて減刑、ってのはアリじゃないです？　罪を償うための労働、って考え方はどうです？」

　それを聞いて、クリストファーは一本気そのものの真っ直ぐな眉《まゆ》を少し上げた。

「それは一理あるな。土木作業や建築現場の人手不足は深刻だ。罪人であっても、そういう場所で骨身を惜しまず働く姿を見せるならば、減刑にも理解が得られやすかろう。如何《いかが》ですか、ロデリック様」

　ロデリックもまた興味を惹《ひ》かれたらしく、指の動きでもっと話せと遊馬に催促《さいそく》した。

　相手から貪欲《どんよく》に知識を引き出そうとするロデリックのいつもの態度に、遊馬も必死で頭を回転させながら、再び口を開く。

「いきなり野に放つのは心配ってことなら、牢屋の外に臨時の宿舎を用意して、そこで寝起きさせつつ仕事に通わせるとか。そういう社会復帰への準備段階を経ればいいんじゃないかな。あと……そうだなあ。あ、そういや地下牢って、どうするつもりなんですか？」

　ロデリックはリンゴ酒のカップを傾けつつ、小首を傾《かし》げる。

「どうする、とは？　無論、城下の復興が終わった後、再び牢として用いられるようにするつもりだが」

「あの、昔の王子様の遺体が入ってた隠し部屋は？」

遊馬が話を振ると、ロデリックとクリストファーは顔を見合わせた。

遊馬が言う「隠し部屋」とは、嵐の暴風雨により、増水した地下水で城の地下牢の壁が破損し、その際に発見された小さな空間のことである。

そこには、百年前、己が命をもってマーキスの危機を救った英雄、グウィン王子の亡骸《なきがら》が保存されていた。

死してもなおマーキスを守護し続けたいと望んだ王子のために、当時のマーキスの人々が用意した「部屋」は、おそらく生前の王子の居室を再現したものだろうと推測された。

小さな空間全体が冷たい地下水に満たされていたおかげで、王子の肉体はいわゆる「死《し》蠟《ろう》」の状態で生前の姿を留めており、発見した皆を奇跡だと驚愕《きょうがく》させたが、その亡骸も既に葬《ほうむ》られ、今は主なき寂しい空間となっているはずだ。

その隠し部屋をどうするのかという遊馬の疑問に答えたのは、クリストファーだった。

「もはや、グウィン王子の御身は母なる海へと還《かえ》られた。地下のお部屋も、もはや用済みだろう。埋めてしまえば……」

「勿体《もったい》ない！」

遊馬は思わず声のトーンを跳ね上げた。

「勿体ない、だと？」

「勿体ないですよ！　だって、昔の王子様のお部屋を忠実に再現した空間なわけでしょ？　ご遺体は海に流しちゃったけど、調度品《ちょうどひん》は全部、ほぼ完璧《かんぺき》な姿で残ってるわけですし。木造の家具はダメージ受けてますけど、修繕できないこともないですよね？」

最後の質問は、クリストファーではなくロデリックに向けられている。ロデリックは、怪訝《けげん》そうにしばらく考えた後で、頷いた。

「直せるものは多かろう。直せぬものも、残骸をもとにして、新しゅう作らせることは可能であろうよ。ただし、今はさようなことに費やす人手も木材もあるべきではない。すべては国の復興のため、民のために用いるべき……」

「そこですよ、勿体ないポイント！　文化財は、大事にしなきゃ駄目です」

遊馬は思わず人差し指を立て、年上の男ふたりに説教をするような口調で言い募《つの》った。

「災害復興には、とにかくお金がかかるわけでしょう？　蔵を開いてお城の財産を提供するにも、限界があるはずです」

「……さよう。そなたの申すとおりだ」

「だったら、あるものは何でも使って稼《かせ》がなきゃ！　港の修理については、早々に目処《めど》がついたんですよね？」

ロデリックは頷く。

「うむ。小さな島国たるマーキスにおいては、異国との貿易が命綱《いのちづな》であるからな。港の埠《ふ》頭《とう》は最優先で修理を進めさせておる。既に、貿易船を港につけることに障《さわ》りはないはずだ」

「だったら、貿易プラスα《アルファ》で、観光客を呼びまくりましょうよ。ポートギースでやったみたいに！」

突然の提案に、ロデリックとクリストファーは、さすが長年の主従と言いたくなるほど同じ方向と角度で首を傾げた。

「アスマ、お前はまたわけのわからない話を……。地下牢と物見遊山《ものみゆさん》の客には、何の関係もなかろうが」

クリストファーは弟子を窘《たしな》めようとしたが、遊馬は勢いのままに喋《しゃべ》り続けた。

「大ありですよ！　人間、綺麗《きれい》なものや素敵なものに心惹かれるのは当たり前ですけど、珍しいものとか、ほどよく怖いものとかも大好きなもんじゃないですか！　お二人だってそうでしょ？」

これまた思いもよらない問いかけに、二人は同時に、実に曖昧《あいまい》に頷く。

「でしょ？　考えてみれば、地下牢なんて、まっとうに生きてれば、一生縁のない場所なわけですよ。まあ、僕はぶち込まれましたけど、それは置いといて」

「うっ」

人のいいクリストファーが、当時のことを思い出して息苦しそうな表情になったのを気の毒そうに横目に見ながら、遊馬は話を続けた。

「せっかく今、地下牢が空《から》っぽになって、しかもそこに、王子様の亡骸が安置されていた昔の部屋が隠されてたわけでしょ？　滅茶苦茶《めちゃくちゃ》心惹かれる観光スポットですよ！　いや、もう、国の英雄がいた場所なんだから、パワースポット売りしてもいいと思う！」

「待て、落ち着け、アスマ。お前が何やら提案を試みていることはわかるが、俺たちにわからん言葉を使いすぎだ。観光スポ……？　パワー……？」

混乱を精悍《せいかん》な顔じゅうで表現する師匠《ししょう》に、遊馬はハッと我に返った。

「あ、すいません。ついひとりで盛り上がっちゃった。つまり、遊びの一端で地下牢に入れるなんて、滅多《めった》にない機会なわけですよ。あの暗さもジメジメした感じもそのまま、あ、でもちょっとだけ歩きやすくはしたほうがいいかな。それで、案内係も看守さんとかにやってもらって、牢の中にも入れるようにして……で、最終的に、陰惨《いんさん》な地下牢の片隅に隠されていた、救国の王子の亡骸のための居室！　ばばーん！　……絶対、人気の観光地になりますって。外貨、落ちまくりますよ」

遊馬の熱弁を珍しく薄く口を開いて呆然《ぼうぜん》と聞いていたロデリックの暗青色の瞳に、徐々に光が戻ってくる。彼は、遊馬のほうへ軽く身を乗り出し、人の悪い笑みを浮かべた。

「なるほど。それは面白い」

遊馬の突飛《とっぴ》な提案に、ロデリックが全力で悪乗りしようとしている気配を察して、クリストファーは慌てて横槍を入れる。

「お待ちください、ロデリック様。それでは、城壁の内に異国の者たちを入れることに相成ります。万が一、狼藉《ろうぜき》を働かれては……」

しかしロデリックは、即座にその懸念《けねん》を打ち消した。

「大事ない。出入りする人員の数を限り、目を離さずば済むことだ……。む、であれば、いっそ、物見遊山の客に、投獄《とうごく》される囚人の気分を徹底的に味わわせてやればよいのではないか？」

「……は？　ロデリック様、いったい何を」

「わたしとアスマがかつて経験したような、捕縛《ほばく》され、投獄されるという仕打ちだ。それこそ、まっとうに生きておれば生涯《しょうがい》味わうことのないことであろうし、はなから遊びとわかっておれば、それすら面白かろうよ」

「あっ、いいですね！　さすがに手首を縛っちゃうと転んだときに危ないから、腰縄でずーっと連結した状態で観光してもらえば、途中、抜け出してお城の中に侵入されることも防げますよ。一石二鳥！」

「うむ！　なるほど、地下牢を体験し、さらにグウィン王子のご威光にも触れられる……おおそうだ、いっそ、わたしがかつて入れられていた独房も公開してはどうか」

「最高じゃないですか。現国王が冤罪《えんざい》で投獄されていたときの牢屋……あ、いや、でも、なんか意外と快適そうな部屋だったな、あそこ。そこは要検討ですね」

「むむ、左様《さよう》か？」

「だってロデリックさん、けっこう呑気《のんき》に暮らしてたでしょう？　やっぱそこは、もっと陰惨な目に遭《あ》ってたように、わざとボロボロにしといたほうがいいかも」

「それは偽りではないか」

「いいんですよ。観光に盛りとハッタリはつきものです！」

「そういうものか。実に興味深いな」

大盛り上がりしている主と弟子の様子に、ついにツッコミが追いつかなくなった哀れな鷹匠《たかじょう》は、ズキズキ痛み始めたこめかみに手を当てた。

きっと後で、「そなたがついていながら！」とフランシスに大いに小言を食らうことだろうが、ロデリックと遊馬が意気投合してしまうと、もはや口下手《くちべた》なクリストファーの手に負える状態ではない。

（これは不可抗力だ、俺にはどうすることもできん）

叱責《しっせき》を受ける前からそんな言い訳を口の中でこねくり回しつつも、ふと、宰相《さいしょう》として国の利益を第一に考えるフランシスならば、地下牢で異国からの物見遊山客を集めるという思いつきを、意外と気に入るかもしれない、とクリストファーは考えた。

（復興に囚人たちを動員し、地下牢で金を稼ぐ。……そう掻《か》い摘《つ》まめば、悪い思いつきではないのかもしれんな）

そう思うと、少しだけ気持ちが軽くなる。クリストファーは、静かに立ち上がった。

「クリスさん？　どうかしました？」

会話を止め、遊馬が不思議そうに見上げてくる。

「そろそろ骨髄《こつずい》が煮える頃だ。……ロデリック様も、よろしければ庶民《しょみん》の食べ物を召し上がってご覧になりますか？　フランシス様にはご内密にお願いしたいですが」

そう問われて、ロデリックは上機嫌に頷《うなず》いた。

「よかろう、久々に試してみようではないか。骨髄、と申したか？　左様なものを、如何《いか》にして食するのだ？」

「熱いうちに細い匙《さじ》でほじりだし、硬いパンになすりつけて、塩を存分に振って食うのです。俺たちにとっては、ご馳走《ちそう》の部類です。やんごとなき方々には、獣臭《けものくさ》くて閉口する食べ物やもしれませんが」

「面白い。供《きよう》してみるがよい」

「では。アスマ、お前はそこにいろ。話のお相手を」

短く命じ、クリストファーは暖炉《だんろ》のほうへ向かう。

（骨髄って、そんな食べ方するんだ。獣臭い……だ、大丈夫かな。むしろ、僕が。脂《あぶら》っこいもの、あんまり得意じゃないんだけど）

師匠の背中を見送りながら、つい不安になった遊馬だが、ロデリックのいつになく弾んだ声に、否応《いやおう》なく先刻からの話に引き戻される。

「して、地下牢見物の他に、何ぞよき案はあるか？」

「そうですね、とにかく、観光……ええと、物見遊山のお客さんを連れて来ちゃえば、こっちのもんです。日帰りは難しいんですから、みんなお泊まりでしょう？　宿にも酒場にも、勝手にお金は落ちます。あとは……そうだな、観光地図を作りましょう」

「観光地図……？　それは何か？」

「つまり、島じゅうの見どころとか、おすすめグルメ……ええと、美味《おい》しい食べ物を出す店とか、お土産《みやげ》とか、そういうのを地図に描き込んで、島のあちこちに掲示するんです。そうしたら、異国から来た皆さんも、観光地図を見ながらあちこち歩き回れるでしょう？

色んなところで経済がぐるぐる回って、島が潤いますよ」

「なんとも卓越した思いつきだ」

「ありがとうございます。だけどそういうの、僕がもといた世界では普通にやってることなんで、何一つ僕が考え出したことじゃないです」

「そう謙遜《けんそん》するでない。此度《こたび》の嵐以来、そなたの策に、我等は随分《ずいぶん》と救われてきた」

ロデリックは、いつもは暗い眼差《まなざ》しを和《やわ》らげ、指折り、遊馬の功績を数え上げ始めた。

「被災した民のための救護所を設けること、避難所を設けること、国じゅうのそこここで炊《た》き出しを行い、清浄な飲み水を提供すること、公衆の便所を数多く設置すること、そして、避難所内部を細かく区切り、他人の目から逃れられる空間を確保すること……」

「ですからそれ、全部、行政がやってたことの受け売りなんですってば」

「されど、そなたが持てる叡智《えいち》を我等に分け与えてくれたことには、国王として感謝せねばならぬ」

「いや、そういうのはやめてください。ホント、僕の手柄は何一つないんで。ちょ、ちょっと失礼します」

遊馬は恐縮し、いたたまれずに立ち上がって、クリストファーの手伝いに行ってしまう。

その童顔には、他の誰にも見せたことのない、複雑な苦悩の色が浮かんでいた……。

二章　今さらの惑い

その夜、ロウソク一本だけの燭台《しょくだい》を手に自分の部屋に入った遊馬《あすま》は、ベッドの、ややごわつく麻のシーツの上に腰を下ろした。

元の世界ならば肝試《きもだめ》しレベルの暗さだが、もう慣れっこだ。

しかも、ベッドを置けばギチギチの小さな部屋だし、家具といえば洗面用の桶《おけ》を置く小さな机と丸《まる》椅子《いす》がひとつきり、あとはベッドの足元側に、衣類を入れておく木製の箱があるだけだ。

あまりにも殺風景なので、欠けたカップに外で摘んできた名も知らない白い花を生けてみたが、ささやかすぎてさほど効果はない。

「うう、まだちょっと胃もたれ……」

寝間着《ねまき》に着替えようと靴《くつ》と緩《ゆる》いズボンを脱ぎ捨て、チュニックを頭から引き抜いて麻のシャツ一枚になった遊馬は、みぞおちのあたりを押さえて溜め息をついた。

数時間前に食べた牛の骨髄《こつずい》は、実にワイルドな味だった。

ドロリとした熱々の髄を細長い匙で掬《すく》い、硬くなった昨日のパンの残りに塗りつけ、海の塩を多めに振ってシンプルに食べるのだが、とにかく脂っこいのに遊馬は閉口した。

(考えてみれば、黄色骨髄《おうしょくこつずい》だもんな。そりゃ、脂肪《しぼう》の塊《かたまり》みたいなもんだよ)

現代日本でたとえれば、すき焼きの牛脂を鍋《なべ》に引いたあと、そのまま食べてしまうようなものだ。しかも和牛のようにエレガントな味わいではなく、とても獣臭い。

しかし、この世界の人々、特に貧しい庶民にとっては、牛肉は特別な行事のときにしか食べられない最高級食材で、どんな部位も無駄にはできないのだろう。

骨髄や、骨にこびりついた僅《わず》かな肉片さえも、彼らには立派なご馳走《ちそう》なのだ。

ロデリックは「粗野な珍味だな」と言いつつじっくり味わい、クリストファーも旨《うま》い旨いと嬉しそうに食べていたので、「これは無理」とはとても言えず、遊馬も努めて美味《おい》しそうに食べた。

だが、やはりこの世界の粗食に慣れきった軟弱な胃には、あまりにもタフな試練だったらしい。消化はいっこうに進まず、胸がずっとムカムカしている。

「切実に胃薬がほしい……なんとか胃散、みたいなやつ」

呟《つぶや》きながらシャツを脱ぎ、だぼっとしたワンピースタイプの寝間着を頭から被《かぶ》る。

明日も早いし、眠気は十分にあるのだが、今すぐ横になると、胃の中のものが逆流してきそうだ。

遊馬はベッドに腰掛けたまま、ふうっと息を吐いた。

音楽プレイヤーもテレビもないので、部屋の中は静まり返っている。

幸いなのは、昼間はけっこう暑いが、夜になるとヒンヤリ心地よい気温に落ちつくところだ。

海の近くということもあるのだろうが、やはり現代日本の都会よりはずっと自然が豊かなことも大きいのだろう。

「こういうときに、マンガでも一冊あれば、気が紛《まぎ》れる……ああいや、暗いところで読書なんかして、これ以上近視が進んだら、眼鏡《めがね》がヤバいな」

そう呟いて、遊馬は両手を思いきり上に突き上げ、欠伸と同時に伸びをした。

「胃腸には夜通し頑張ってもらうことにして、寝ようかな」

しかしそのとき、ノックの音が聞こえた。

「どうぞ?」

声を掛けると、こちらも寝間着姿のクリストファーが顔を出す。

「まだ起きていたのか」

「久しぶりにご馳走を食べたので、お腹が落ち着かなくて」

遊馬が実にソフィスティケートされた表現で消化不良であることを告げると、クリストファーは大真面目《おおまじめ》な顔で頷いた。

「わからんでもない。俺も少し食い過ぎた。あってはならんことだとわかってはいるんだが、平時にロデリック様と同じ卓で同じものを食うなど、いつぶりだろうかと懐かしくてな。年甲斐《としがい》もなく、はしゃいでいたのかもしれん」

素直な気持ちを吐露する師匠に、遊馬は微笑《ほほえ》んだ。

「ロデリックさんも、凄《すご》く楽しそうでしたね。あってはならないってクリスさんは言いますけど、僕は絶対、ロデリックさんのためにはあったほうがいい息抜きだと思います。毎日、朝から晩まで立派な王様じゃ、どんなに立派な人だって擦り切れちゃいますもん」

「それはそうだろうが」

「そうですよ。王様っていう肩書きじゃなく、持って生まれた名前で呼ばれて、何でも気兼ねなく言えて、そのときの素直な感情が出せて。そういうことができる相手、ロデリックさんには、クリスさんしかいないんでしょう?」

遊馬の言葉に、燭台を手に戸口に突っ立ったままのクリストファーは、面長《おもなが》の精悍《せいかん》な顔に戸惑いの表情を浮かべた。

「だが、本来それは、フランシス様のお役目であるべきであって」

「フランシスさんじゃ駄目ですよ。僕は一人っ子だから本質的には理解できてないでしょうけど、クリスさんは弟や妹がたくさんいるから、よくわかるでしょ？　お兄ちゃんって、下の子たちにはいつもお兄ちゃんでいたいんですもん」

「ああ……それは何となくわからんでもない。俺は、弟妹には弱いところや荒い振る舞いは見せたくないな。だがロデリック様は、ことあるごとにフランシス様に弱音や泣き言を投げかけておいでだぞ？」

　実にもっともな師匠の疑問に、遊馬はクスッと笑った。クリストファーは、怪訝《けげん》そうに眉根《まゆね》を寄せる。

「何がおかしい？」

「クリスさんも、わりと騙《だま》されてるのかなって」

「……む？」

「ロデリックさん、ホントはああ見えて滅茶苦茶《めちゃくちゃ》根性あるし、意外と持久力も瞬発力もあるし、たぶん何だってできると思うんですよ。得意と苦手はあったとしても」

「無論、そうだ。あのお方は、類稀《たぐいまれ》なる才をお持ちだからな」

　それには、クリストファーも躊躇《ためら》いなく同意する。意外な話の成り行きに興味が湧いてきたのだろう。彼はようやく部屋に入ってきて、遊馬の横に腰を下ろした。

スプリングが入ったマットレスのような弾力はないので、ギチギチに藁《わら》が詰まったベッドは、クリストファーの体重を受けて僅《わず》かに凹《へこ》む。油断しているとお尻が傾いて、甘える恋人のようにクリストファーに寄りかかってしまいそうになるのを幾度か経験済みなので、遊馬は半ば無意識に、既に裸足《はだし》になった両足を踏ん張った。

「だから、勿論《もちろん》サボリたいとかそういうのはあると思うんですけど、あの泣き言とか弱音って、半分くらいはフランシスさんのためのものじゃないかと、僕は感じてます」

「フランシス様のため？　宰相《さいしょう》殿下は、いつも兄君に仕事を押しつけられると嘆《なげ》いておられるがな」

「それですよ。わりと忘れがちですけど、フランシスさん、色々あったとはいえ、一度はロデリックさんを殺そうとしたわけでしょ？　僕がここに呼ばれたのも、それ絡みだったんだし」

「む……うむ」

決まり悪そうに相づちを打つ師匠を面白そうに見ながら、遊馬は言葉を継いだ。

「普通なら、いくら過去を水に流して宰相になったって、罪の意識とか後ろめたさでしんどいと思うんですけど、ああやって当のロデリックさんが甘えたり寄りかかったりしてくれたら、自然に支えられるじゃないですか。ちょっと偉そうにもできるし」

「……なる、ほど！」

「今日のことだって、普通だったら、たとえ短い時間でも、王様がひとりで姿を消したら、大騒ぎですよ。すぐに国じゅうに捜査網《もう》が敷かれると思います。ロデリックさん、きっと置き手紙くらいはフランシスさんに残してたんじゃないかな。フランシスさんも、クリスさんのところにいるなら仕方ない、ちょっとくらいは大目にみようって思ったんじゃないですか？　勿論、明日あたり、お小言《こごと》はくらうでしょうけどね」

クリストファーは納得しつつも、なお渋い顔で言った。

「とはいえ、な。何か非常事態が起こったとき、俺ひとりでロデリック様をお守りしきれるかどうか」

「クリスさんなら大丈夫。僕がそう思うくらいなんですから、ロデリックさんもフランシスさんも、きっとそう思ってますよ。ただフランシスさんのことだから、何の手も打ってないってことはないと思いますけど」

「そうなのか？」

「フランシスさん、あれで心配性だし、お兄さんには滅茶苦茶気遣いの人だから。あと、これが普通の家臣なら、フランシスさんも警戒すると思うし、許さないと思うんですよ。

だって、国王の特別のお気に入りなんて、物語だったら絶対つけ上がって余計なことをするキャラですもん」

「きゃら?」

「登場人物ってことです。だけど、クリスさんはクリスさんだから。これは本当はよろしくないことだ、でもロデリックさんが望むなら叶えてあげたいって、ちゃんと両方わかってるクリスさんだからこそ、フランシスさんは安心してお城で待っていられるんじゃないかな。いや、心配はしてると思うんですけど、そこはお兄さんとクリスさんを信じてるんだと思います」

「……そういうことか」

ぽつりと呟いて、クリストファーはようやくしんみりした笑みを見せた。大きな手のひらで、遊馬の髪をワシャワシャと掻《か》き回す。

「お前と話すと、不思議に心が整理される気がする。そうだな、本来ならば、ロデリック様が即位された時点で、こうした幼なじみの関係は断つべきだ、ただの一家臣、卑《いや》しい身分の鷹匠《たかじょう》にできるだけ早く戻らねばならんと思っていたが……俺のようなものでも、お傍に控えることで、ロデリック様の心を安らかにできるのであれば」

「フランシスさんの心も安らかになってると思いますよ。僕だったら、自分の立場を絶対に危うくしない、それでいてロデリックさんを身を挺《てい》して守ってくれる人がいたら、大喜びですもん。きっと、めちゃくちゃ大事にしますよ」

「それは、俺のことか？」

「他に誰がいるんですか。クリスさんは、自分を安く見積もりすぎです」

胃もたれを忘れて力説する遊馬に、クリストファーは照れ臭そうに感謝した。

「お前の買いかぶりも含まれている気はするが……ありがとう。気が楽になった」

「どういたしまして」

笑顔で応える遊馬に、立ち上がったクリストファーは、ふと思い出したようにこう言った。

「ああ、うっかり話し込んで、本来の目的を忘れるところだった。お前、明日は一日、休め」

「はい？」

キョトンとする遊馬に、クリストファーは幾分語気を強めて繰り返す。

「休め。今日は、俺が一日好きに過ごさせてもらった。お前にも同様にする権利がある。明日は、鷹たちの世話も城の仕事も家のことも、すべてほったらかして、好きにしろ」

途端に、遊馬は戸惑いの面持《おもも》ちになる。

「いいですよ、そんなの。だって僕、お休みをもらっても特にすることはないですし」

「することがないなら、身体《からだ》を休めろ。たまにはそれも必要なことだ。とにかく、働くな。いいな？」

どこまでも公平なクリストファーは、自分ひとりが休暇を取ったことに、罪の意識を抱いているらしい。それは遊馬がいた世界では実に当たり前の感覚だが、ここでは、なかなかに稀有《けう》なセンスだ。たいていの人は、使用人や弟子の福利厚生《ふくりこうせい》のことなど、微塵《みじん》も考えていない。

「でも僕、マーキスには友達もいないし……」

「出歩かんから友人が出来んのだ。いいから、休め。ああそうだ、遊ぶ金がないなら少しくらいは俺が」

「いいです！　そんなの、いいです。これまでいただいたお給金、ろくに使ってないので……わかりました、買い物くらいは行きます」

「そうしろ。明日はきっと、フランシス様のお叱《しか》りから一日が始まる。お前はいないほうがいい。……それに、国王にも気晴らしが必要なんだろう？　お前にも当然、必要だ。おやすみ」

きっぱりとそう言って、クリストファーは部屋を出て行く。

「……おやすみなさい」

扉が閉まるのとほぼ同時に挨拶《あいさつ》を返し、遊馬はぼんやりとベッドに座り続けていた。

向かいの部屋の扉が開閉する音がする。日頃、気苦労が多いクリストファーも、今夜は楽しい気持ちで眠りにつくことができるだろう。

「お休み、もらっちゃった」

遊馬はぽつりと呟《つぶや》いて、ベッドに仰向《あおむ》けに倒れ込んだ。

そういえば、この世界に来てから……というより、上司に正式に「臨時休暇」をもらったのは初めてだ。

元の世界では学生だったので、週末は当たり前のように休みだったし、アルバイト先では働く日や時間が限られていたので、休暇という概念《がいねん》は持ちあわせていなかった。

「何だか、困っちゃうな。……元の世界でもそうだったけど、僕、ここでは最高にリア充から遠い存在だし」

そんなぼやきを、ロウソクの炎でごく淡く照らされた天井を見上げて、遊馬は口にした。

確かに、この世界に呼び寄せられてからというもの、毎日がジェットコースターに乗っているようで、本当に「何もない」一日など、一日もなかった気がする。

こうしてまる一日の休暇をもらってみても、狼狽《うろた》えるばかりで、何のプランも浮かんでこない。

（映画もないし、買い物っていっても、ウインドーショッピングを楽しむとかそういう感じじゃないし、ゲーセンもないし、オンラインゲームもないし、美術館や博物館も、そういえば見かけないな。……えっ、ここの人たち、娯楽《ごらく》って何するんだろ？）

今さらながらに、そんな疑問が頭をもたげる。

そういえば、子供たちは、遊馬が幼い頃に友達としたような、他愛《たわい》ない遊戯《ゆうぎ》をしていた。いわゆる「ケンケンパ」の類《たぐい》や、お手玉、鬼ごっこといったようなものだ。

だが、大人の遊びといえば、酒場で酒を飲んだり、カードや駒《こま》を使ったゲームをしたり、音楽に合わせて踊ったり……その程度である。

（極端に、娯楽が少ない世界なんだな。でも、当たり前か。毎日、生きるためにやることが山ほどあるもん）

日のあるうちは生活と仕事に追われ、暗くなってからは、灯りを取る手段が限られるので、できることは極端に少なく、翌日、夜明けと共にまた動き出せるよう早く床《とこ》に入る。

それが、市井《しせい》の人々の暮らしなのだろう。

（お城の中のやんごとなき人たちだって、同じだよな。ロデリックさんもフランシスさんも、朝から晩まで、いや晩になってからも仕事してるし、そうじゃないときは勉強してる。

晩餐会《ばんさんかい》や舞踏会は豪華だけど、結局、あれも仕事の内だし）

改めてそんなことを考えると、なおさら、降って湧いたような休日の過ごし方など、まったく思いつけない。

かといって、一日ダラダラと寝て過ごすのは、あまりにも勿体《もったい》ない気がする。

せっかく、自分の意思で日没までの時間を好きに過ごすことができるのだ。何か一つくらいは、有意義なことがしてみたい。

（有意義なことって、何だ？）

自問自答して、遊馬はやはりみぞおちをゆっくり擦りながら、思いを巡らせた。

一日の疲労が押し寄せてきて、瞼《まぶた》がとろんと重くなってくる。このままでは、何もプランを立てられないまま、明日の朝を迎えてしまいそうだ。

「もう、成り行きに任せちゃうかな。……あ、そうだ」

一つだけ、今、是非《ぜひ》にも訪ねたい場所を思い出し、遊馬は閉じかけていた目をパッと開く。

（会えるかどうかは全然わかんないけど、まあ、遠足気分で出掛けてみよう。会えたらラッキーくらいの気持ちで）

頭に浮かんだ、その場所、その人物のことを思い描きながら、遊馬は眼鏡《めがね》を外し、丁寧《ていねい》に枕元の小さなテーブルに置いた。

そして、久しぶりに少しワクワクした気持ちで瞼を閉じ、健《すこ》やかな眠りに落ちていった。


「まったく、そなたがついていながら！」

想像どおりの小言の幕開けに、床に恭《うやうや》しく片膝をついてかしこまったクリストファーは、ゲンナリした思いでさらに深く頭《こうべ》を垂れた。

目に映るのは、手入れは行き届いているが、かなり履《は》き古した柔らかそうなブーツと、足首に届く長衣の裾《すそ》の、鮮やかなブルーだ。

マーキス国内ではただひとり、その色を身につけることを許されている人物。それが今、クリストファーの目前に仁王《におう》立《だ》ちになっている男、国王の異母弟にして美貌《びぼう》の宰相《さいしょう》、フランシスだ。

登城するなり、国王ロデリックと共有する主執務室ではなく、フランシスが個別に持っている小さな執務室に呼びつけられ、嫌な予感いっぱいで赴《おもむ》いたところが、予想どおり開口一番、挨拶も抜きの叱責《しっせき》である。

（べつに、俺がロデリック様をお招きしたわけではないんだがな）

俯《うつむ》いて表情を隠したまま、クリストファーが理不尽さを噛《か》みしめていると、彼の前を小さく二往復した後、フランシスの溜め息が降ってきた。

いつもなら、この後延々と続く説教を覚悟していたクリストファーは、少なからず驚いて顔を上げる。

するとフランシスは、大理石の彫刻もかくやという整った顔を無造作《むぞうさ》にしかめ、もう一つ嘆息《たんそく》した。

「わかっておる。そなたを咎《とが》めるは筋違いだということはな。安堵《あんど》せよ、陛下……兄上のことは、昨夜遅くお戻りになるのを待ち受けて、そなたの百倍、お叱り申し上げておいた。お聞き入れいただけぬことは百も承知だが、誰かがお諫《いさ》めせねば筋が通らぬことゆえな。まったく、忌々《いまいま》しい徒労だ」

「……宰相殿下」

穏やかな物言いに対する驚きを隠せないクリストファーに、フランシスは片眉《かたまゆ》をあげ、皮肉っぽい笑みで応じる。

「そなたは、わたしのことを口うるさい乳母か何かのように思うておるのではあるまいな？」

「まさか、そのようなことは」

「それより、昨夜、そなたが、というより……おや、あれは如何《いかが》した？　そなたを呼べば、共に参ると思うておったのだが」

フランシスの視線は、クリストファーの斜め後ろの何もない空間に向けられている。誰のことかと問うまでもないので、クリストファーは簡潔に答えた。

「あれには、休みをやっております」

フランシスは、形の良い弓なりの眉を、ほんの数ミリ上げた。

「暇《いとま》を？」

「一日ですが。思えば、こちらに呼び寄せて以来、アスマには休みらしい休みをやれずにいましたので」

それを聞くと、フランシスは美しい顔を歪め、小さな声で吐き捨てた。

「そなたは昨日、兄上は昨夜、そしてアスマは今日。ならば、わたしが明日、休暇を取っても誰も文句は言うまいが、さようなことを為せば、明後日のわたしがその分苦しむだけだというのは、あまりに不公平ではないか。さように思わぬか、フォークナー」

「そ、それはまあ、はあ」

いきなり駄々っ子のような態度で文句を言われ、クリストファーは面食らって言葉に詰まる。ただ、礼儀《れいぎ》と格式を重んじるフランシスが、クリストファーの前ではロデリックのことを「陛下」ではなく「兄上」と呼ぶことだけは、どうにも微笑《ほほえ》ましい。

「まあ、そなたらと違うて、わたしの代わりを務められる者はどこにもおらぬ。やむを得ぬことではあるがな！」

愚痴《ぐち》が途中から自慢に変わり、フランシスはまだ不満げながらも、鮮やかなブルーの長衣の胸を張った。

思わず苦笑が漏《も》れそうになって、クリストファーは慌てて表情を引き締める。

（こういう勝ち気なところは、昔からお変わりにならん）

代わりに心の中で、クリストファーは微笑んだ。

互いに子供時代から存在を知ってはいたものの、フランシスにとって、クリストファーは「憎むべき義兄の腰巾着《こしぎんちゃく》」であり、声をかけるどころか、目を合わせるのも疎《うと》ましい存在だったに違いない。

先王の逝去《せいきょ》をきっかけに兄弟が和解し、国王と宰相という関係で共に国を支えるようになって以来、フランシスの心の中で、クリストファーに対するイメージも、少しずつ好転しているようだ。

（近頃は、ロデリック様につられて、俺のことをクリス呼ばわりしそうになって、慌てて言い直したりしておられるしな……）

昨夜、遊馬が言っていたように、フランシスが自分のことを少しずつ信頼してくれるようになっているなら、それほど嬉しいことはない、とクリストファーは思う。

無論、幼い王子の学友に取り立てられたあの日から、クリストファーにとってロデリックは唯一無二の主であり、世界中の誰よりも優先して守るべき存在だ。

だが同時に、ロデリックが大切に思うフランシスもまた、命を賭《と》して守らねばならないと、クリストファーは考えている。それは、フランシスのためというよりは、ロデリックを悲しませたくないから、という理由が大きいのだが、こうして毎日のように接するようになってみると、フランシスもなかなか愛すべき人物なのである。

(外見こそ対照的だが、勤勉、律儀《りちぎ》、誠実……根底は、意外とよく似たご兄弟だな)

うっかり物思いに耽《ふけ》っていたクリストファーは、尖った声で名を呼ばれ、慌てて顔を上げた。

「いつまで畏《かしこ》まっておる。疾《と》く此方《こちら》へ来ぬか」

「はっ」

見れば、フランシスはとっくに執務机に向かっている。クリストファーは立ち上がり、すぐに机の前に立った。

硬い木製の椅子《いす》に腰掛けたフランシスは、突っ立ったままのクリストファーの顔を見上げ、少し考えてから口を開いた。

「アスマの同席を期待しておったが、この際、そなたでもよい。昨夜、帰城なされた兄上より、話は聞いた」

そら来た、とクリストファーは天井を仰《あお》ぎたい気持ちになったがグッと堪《こら》える。

フランシスは、机の上にマーキス島の地図を広げ、再びクリストファーに視線を向ける。

「囚人の扱いについては、国の治安に関わることゆえ、国王といえども一存で決めるは危うい。議会に諮《はか》るが無難と考えるが、どうか」

意外な切り口に、クリストファーは軽く目を見張った。

わりに頭が固いところがあるフランシスなので、てっきり「囚人を牢《ろう》から出して街中で働かせるなど、論外である」と怒り出すだろうとクリストファーは踏んでいたのだが、存外、前向きな口調である。

「つまり、宰相殿下は、囚人を労働力として……その」

「活用し、その報酬《ほうしゅう》として罪を減じる。平時ならば、さように危うい橋を渡る必要はない。されど、現状を見ねばなるまいよ。城の地下牢が使えぬようになり、そこにいた囚人を詰め込んだ他の牢獄は過密そのものだ。囚人が横になって眠ることすら難しいと報告を受けておる」

「……それは酷《ひど》い」

牢内の惨状《さんじょう》を初めて具体的に耳にしたクリストファーは、思わず顔をしかめる。フランシスも、渋い顔で頷《うなず》いた。

「罪人には罪を償《つぐな》わせねばならぬが、いたずらに虐待《ぎゃくたい》するのは人の道に外れたことだ。さらに衣食住のすべてがおぼつかぬ状態では、早晩、死人が出る、あるいは悪い病が起こるであろうと危惧《きぐ》される。……で、あれば」

「罪が軽くて更生の見込みがある、さらに手に職を持つ囚人から優先的に、牢から出して城壁外の宿舎で寝起きさせ、看守の引率《いんそつ》で各作業場へ向かわせる、というのが妥当《だとう》な案でしょうか」

昨夜から考えていたことをクリストファーが口にすると、フランシスは右の口角だけを吊り上げ、皮肉っぽい笑みを浮かべた。

「珍しく、そなたと意見が合うな」

「では……」

「議会には、さように提案しようと思うておる。城下町の外壁にほど近いところ……ここに、かつて馬小屋として用いられていた廃墟があるのだ」

フランシスは、地図を指さしてそう言った。クリストファーは、不思議そうに首を傾《かし》げる。

「宰相殿下は、さようなことまでご存じなのですか」

「さすがに、国内の建物すべてを把握《はあく》しておるわけではないぞ。実は、先々代の国王が馬好きでな。島の内外より譲《ゆず》り受けた馬たちを城内では到底飼いきれぬゆえ、街の壁の外に造らせた馬小屋なのだ。幼い頃、父上の遠乗りを兼ねた集落視察にお供した折り、さように教わった」

「なるほど、そのようなことが」

「生き物は、時に外交の有効な道具になる、上手《うま》く使えと仰《おお》せになったが、その父上は、後生《ごしょう》大事に鷹《たか》を抱え込んでおったな。兄上が鷹狩りにご興味を示されぬゆえ、鷹どもも退屈であろう。みな手放して、そなたを鷹匠の任より解き放ってやってもよいぞ」

そんなからかいともイヤミともつかない言葉にも、クリストファーは慇懃《いんぎん》に返事をする。

「は、いえ、確かに鷹狩りにお供する機会はなくなりましたが、代わりに、カラスを追い、野兎《のうさぎ》を狩り、鷹たちは大いに民の役に立っております。鷹狩りに負けず劣らずやり甲斐《がい》のある務めでありますし、民も鷹たちを遣わしてくださる陛下に感謝の念を深くしているかと」

「……なるほど。お前も口が上手くなった」

「は、恐縮です」

「今のは冗談かつイヤミだ。それはともかく」

軽く苛《いら》ついた顔で咳払《せきばら》いし、フランシスはこう言った。

「囚人用の宿舎を新築することはできぬ。未だ、我が家を失い、避難所で寝起きする民たちに申し開きが立たぬからな。ゆえに、この廃墟と化した馬小屋に手を入れ、最低限の環境を整えて囚人どもを寝起きさせるがよかろう。毎朝、解錠《かいじょう》して囚人どもを連れだし、夕刻、全員を連れ戻し、施錠する」

「妥当《だとう》だと思います」

「うむ。それならば、議会の連中の同意を得ることも、民を必要以上に不安に陥《おとしい》れることもあるまい。……無論、民の監視の目も必要なことではあるがな」

そこで言葉を切ったフランシスは、それまで真剣そのものだった顔に、やけに楽しげな笑みを浮かべた。スラリとした、宰相の紋章が刻まれた指輪が嵌《は》まった人差し指で、マーキス城の城壁をぐるりと一周、なぞってみせる。

「さて、今一つの話だが」

「……はい?」

「地下牢を体験させ、グウィン王子の亡骸《なきがら》のための隠し部屋を見世物《みせもの》にして、物見遊山《ものみゆさん》の客を異国から招き寄せようというあの話だ」

「……はい」

フランシスの笑顔の理由を読みかねて、クリストファーは鈍い返事をする。

「よいではないか」

「よいのですか⁉」

あまりにもあっけらかんとした発言に、クリストファーがむしろ焦って大きな声を出してしまう。

フランシスは、ますます可笑《おか》しそうに低く笑った。

「わたしが、兄上とアスマの悪乗りに賛成するのが、さように意外か」

「意外というか、俺はてっきり、宰相殿下は城内に異国の者を入れるなど論外と仰せになるかと」

「それは論外であるがな」

フランシスは、ちょっと人の悪い目つきをして、自分の長衣の腰にゆったり回したベルトに軽く触れてみせる。

「地下牢見物を希望する者どもに囚人体験をさせるという思いつきは、悪くない」

「そうでしょうか？」

「囚人として扱うという名目で、堂々と身元を検《あらた》め、腰縄で全員を連結する。その状態で城内へ引き入れ、厳重な監視のもと、地下牢を連れ回す……それが兄上とアスマの考えたことであったな」

「はい」

「それではまだ甘い。まことの囚人にするように、城の外で後ろ手に縛り、目隠しをさせるとしよう。さらに、地下牢へはわざと無為な回り道をして誘導する。それであれば、城の構造や侵入経路をいたずらに知られることはあるまい。地下牢に入れてより、手縄と目隠しだけは取ってやれば、文句も出るまいよ」

「なるほど……磐石《ばんじやく》ですね」

「囚人扱いを期待して来るのだ、こちらも万全のもてなしをせねばな。この催《もよお》しについては、すでに触れ書きを作った。今、城内の筆記職人どもに美しく羊皮紙《ようひし》に清書させておる。仕上がり次第、片端から港に停泊しておる異国の船に配り、国へ持ち帰らせよう。城下の復興が今少し進めば、周辺の国々の主だった貴族たちを招いて舞踏会を開き、余興《よきよう》として地下牢体験に誘うというのも面白かろう。必ずや本国にその経験を持ち帰り、新たな客を我が国に呼び寄せてくれるに違いない」

　クリストファーは、今度こそ驚きを露わにフランシスを見た。

「殿下。昨夜から今までの間に、触れ書きを……」

よく見れば、フランシスの青空のように鮮やかな色の目は軽く充血し、うっすらと隈《くま》までできている。どうやら昨夜、小言の後にロデリックに聞かされた復興策の中から即座に実行できるものを選び、寝ずに作業に取りかかったらしい。

弱みを見せることを極端に嫌う、プライドの高いフランシスは、クリストファーからふいと顔を背け、素っ気なく言い放った。

「その程度のことが出来ねば、宰相とは呼べぬであろう。して、フォークナー」

「……は」

背筋を伸ばしたクリストファーに、フランシスは、地図に視線を落として口を開いた。

「観光地図、であったか？　そなたには、早急にその作成を命じる」

「……は⁉」

クリストファーは目を剝《む》いた。

昨夜、遊馬にその思いつきを聞いたときには大賛成だったが、よもや自分の仕事になるなどとは、夢にも思っていなかったのである。

正直に驚きを表現するクリストファーに、フランシスはいつもの意地悪な笑顔で平然と言い放った。

「適任ではないか。貴族でないそなたであれば、我等の知らぬ民の暮らし……物品や飲食について良う知っておろう。民どもも気安く話ができるであろうし、何しろ遠き地より来たアスマが珍しがるものは、すなわち異国の者にとっても珍重されるものであろう」

クリストファーは、感嘆の目をフランシスに向けた。

「なるほど……。よもや、そこまでお考えとは」

「わたしを侮《あなど》るなよ、フォークナー。そして、観光地図とやらも、軽く見てはならぬ」

フランシスは、真顔になって、目前の地図を眺めた。

「観光地図と呼べば、何やら遊戯《ゆうぎ》の指南書のように思うておるやもしれぬが、初めて我が国の土を踏む異国の者たちは、まずはそれを見て我が国を知るのだ。すなわち、観光地図は、国王よりの挨拶状《あいさつじょう》と心得よ」

「……！」

クリストファーは息を呑《の》んだ。

フランシスの言うことはいちいちもっともであるし、それほどまでに重要だと考える観光地図の作成を、確かに適任とはいえ自分に託そうとするなど、まったくの予想外だったのである。

そんなクリストファーにさらに発破《はっぱ》を掛けるべく、フランシスは語気を強めた。

「もっとも充実させるべきは城下だが、物見遊山の客の中には、島の小さな集落を巡りたいという酔狂《すいきょう》な者もいるであろう。そうした者が増えれば、集落の宿や酒場も潤う。土産《みやげ》物《もの》を作ろうと職人どもも奮《ふる》い立つであろう」

「確かに。城から離れ、復興への助けが届き難い集落もあります。そうしたところへ金が落ちれば、みずから復興する助けにもなりますね」

「うむ。無論、すべての集落に役人を派遣してはおるが、そなたらが直接に見て、初めて気付くこともあろう。そうした報告をも、わたしは期待しておる」

やれるな、というような視線を受けて、クリストファーは右手を心臓の上あたりに当て、恭《うやうや》しく一礼した。

「確《しか》と承《うけたまわ》りました。心して、かからせていただきます」

大仰《おおぎょう》な感謝の言葉などない、簡略な承諾《しょうだく》の返事ではあるが、声には強い決意がこもっている。

フランシスは満足げに頷き、こう付け加えた。

「とはいえ、そなたには鷹匠《たかじょう》の務めも、国王補佐官の務めもある。いずれも、わたしほどではないにせよ、代わる者を得難い務めだ。まずは城下の地図作成から始め、都合がつく折りに、各集落へ足を伸ばすがよい」

「……ご配慮《はいりょ》、痛み入ります」

「兄上には、そなたを借り受けること、既にお伝えしてある。これだけはきつく言うておくがな、フォークナー」

「はっ」

「兄上のことだ、集落への旅に、好奇心より同行したいと仰《おお》せになるやもしれぬが、それだけは許してはならぬぞ。城壁の内ならともかく、外壁の外へお出になられては、さすがに密かにお守りすることが叶わぬ」

さりげない言葉に、クリストファーはハッとする。

（アスマの言うことが、正しかったのか）

遊馬が言うように、昨夜、ロデリックの鷹匠小屋へのお忍び訪問をフランシスはちゃんと把握《はあく》しており、ロデリックの楽しい気持ちを削《そ》がないように、おそらくは小屋の周囲や城への道に護衛を忍ばせていたのだろう。

愛憎は表裏一体というが、あれほど妬《ねた》み、憎んでいたロデリックのことを、今のフランシスがこうも大切に思い、気遣っていることは、クリストファーにとって何にも勝る驚きであり、喜びでもある。

フランシスへの敬愛の思いがぐんと高まって、思わず顔をほころばせてしまったクリストファーに気づき、フランシスはさっと顔を赤らめ、手のひらで机をバンと叩いた。

「フォークナー！　笑いごとではない。よいな？」

「は、肝《きも》に銘《めい》じます」

こみ上げる笑いを誤魔化《ごまか》すため、クリストファーは必要以上に大きな声で答え、顔を見せずに済むように、頭《こうべ》を垂れて片膝を床についたのだった。


その頃、突然の大任が頭上に降りかかったなどとはつゆ知らぬ遊馬は、久しぶりに城下町の外へ、ひとり遠征していた。

少し遠出なので、クリストファーに頼んで、ヴィクトリアが残していった馬を借りた。

以前も乗せてもらった、大人しい、あまり意地悪をしない雌馬《めうま》である。まだ、馬には幾分不慣れな遊馬だが、多少もたついていても、前脚で土を掻《か》く程度で我慢してくれる。

（いい天気だな）

日が落ちると夜盗や獣が跋扈《ばっこ》する物騒な街道も、太陽が明るい光を降り注いでくれる今は、城下町へ行き来する馬車や人々で、思ったより賑《にぎ》わっている。

だが遊馬は、途中から街道を逸《そ》れ、マーキス唯一の低い山へと馬のくつわを向けた。

どうにか馬二頭がギリギリすれ違える、勿論《もちろん》未舗装《みほそう》の道の両側には草が茂り、そこここに、名も知らない、クリスマスローズに似た白い花の群生が見られる。

道沿いに生える木には、時々、木札がぶら下がっている。

先王の強い意向で、平民の子供たちのための学校が城下町と周囲の集落にいくつか作られたおかげで、今、マーキス島の若い世代の識字率は高くなりつつある。

木札には、探し人の名や求人情報が書き付けられていることが多く、旅人がそれを見て、色々な情報を知ることができるのだ。

山へ向かう途中に現れた、ゆったりと流れる川で、遊馬は馬を下りた。

馬に水を飲ませ、持って来た野菜をおやつに与えて労《ねぎら》う。そして遊馬自身も、冷たい水を両手ですくってごくごく飲み、濡らした布で顔を洗い、汗を拭《ぬぐ》った。

「はー、スッキリした！」

この川のずっと上流で、以前、遊馬はクリストファーやヴィクトリアとやはり同じように休息を摂《と》ったことがある。

山の氷室《ひむろ》に安置された、先王アルフォンス三世の遺体を検案しにいくという、実に剣呑《けんのん》なミッションではあったが、休憩時間にヴィクトリアとお喋《しゃべ》りをして楽しく過ごしたことを思い出し、遊馬は我知らず微笑《ほほえ》んだ。

（あの頃に比べれば、ずいぶんこの世界にも馴染《なじ》んだよな）

そんなことを思いながら、頭の片隅によぎらせたのは、そのとき一緒にいたもうひとりの人物のことだ。

その人物を訪ねて、遊馬ははるばるここまでやってきた。

とはいえ……。

「実際、今どこにいるか、さっぱりわかんないんだよな」

遊馬は晴れ渡った空を見上げ、溜め息をついた。

遊馬が会いたいと願う人物は、ヴィクトリアの依頼を受け、遊馬を実際にこの世界に呼び寄せた張本人《ちようほんにん》、自称二百八十二歳、いや、もう二百八十三歳か、の魔術師、ジャヴィードである。

まだ少年時代、禁を犯して実力に見合わない魔物を呼び出し、うっかりその魔物と心身を共有することになってしまったというジャヴィードは、国内の「人々のためにまともな仕事をしている」魔術師が集まる協会に属することができず、城下町を遠く離れ、ぽつんとひとり工房を構えている。

その工房を訪ねたいのだが、たどり着けるのは、ジャヴィードが会ってもよいと思う人物だけなのだ。

このあたりに工房があるらしい、ということだけはわかるのだが、厳密な場所は誰も知らない。一国の王子であるヴィクトリアでさえも、ジャヴィードの気の向くとき、彼が指定した場所でしか面会が叶わないと嘆《なげ》いていた。

（会えるかな。でも、こんな休みは当分ないだろうから、今日、どうしても会っておきたいんだよね）

「他に手段もないし、クラシックすぎるけど呼んでみるか」

木陰に座り込んでいた遊馬は、立ち上がって両足を踏ん張り、両手を口の両脇に当てた。

そして、腹に力を入れて、「ジャヴィードさーん！」と叫んでみた。

部屋の中ならともかく、あまりにも開放的な環境なので、遊馬がどれほど大きな声を出しても、木の葉《こ　は》一枚震えない。

「うう、やっぱ現実的じゃないよなあ、これ。ああ、こういうとき、スマホのありがたみを知るよ」

そう嘆きながら、とにかく呼び続けてみようと、遊馬は大きく息を吸い込んだ。

ところが。

「やかましい」

「うわあッ」

突然、真横から甲高《かんだか》い子供の声が聞こえて、遊馬は吸い込んだ息をそのまま悲鳴に変えて飛び退った。

いつの間にかそこに仁王立《におうだ》ちになっているのは、十二、三歳の少年だった。

ミノムシかと思うような、何百枚、いや何千枚もの端布をつなぎ合わせた奇妙なローブに全身を包み、恐ろしく長い白髪をすべて細い三つ編みにし、それを頭の両側にみずらのように束ねたエキセントリックな姿の彼は、いかにも子供らしい声で、尊大な言葉を吐き出した。

「わしを呼ぶのに、大声は要らぬ。木の葉一枚が落ちる音すら、この耳は逃さぬわ」

不愉快を煮しめたような顔で舌打ちするその少年こそが、遊馬が会いたいと切望していた魔術師ジャヴィードその人である。

「……それじゃ、うるさすぎて大変じゃないですか？」

まだ心臓がバクバクしたままではあるが、いかにも医学生らしい疑問を発してしまった遊馬に、ジャヴィードは澄ました顔で言い返す。

「問題はない。聞きたくない音は、この耳が拒《こば》むでな」

「便利な内耳《ないじ》だなあ。っていうか、こんにちは、ジャヴィードさん。お久しぶりです」

「時間の長短など、わしにはもはや関係がない。魔物と一心同体になったこの身は、育つことも老いることもないのだからな。……死ぬか否《いな》かも、わしにはわからぬ。で」

ジャヴィードは、光の加減で様々に色を変える、瞳孔《どうこう》が縦に開く奇妙な目で、遊馬を睨《ね》めつけた。

「わしを呼びつけて、何の用だ、小童《こわっぱ》」

問われた遊馬は、先生に叱《しか》られた生徒のように棒立ちになり、返事をする。

「すみません！　呼びつけるつもりはなかったんですけど、でも、ジャヴィードさんのお家の場所がよくわからないし……」

「さようなことはよい。用事を言え、馬鹿者が。わしは忙しい」

「あの、忙しいとますます申し訳ないんですけど、僕、相談したいことが……っていうか、話したいことがあって。この世界じゃ、ジャヴィードさんにしか意味がわかんない話っていうか、そういう……うわっ」

突然、視界が高速でぐるんと回転したような感覚に襲われ、遊馬は驚きの声を上げる。両足の下の地面がふっとなくなり、身体《からだ》が宙に浮く。

「ヒッ！　は……あわわ……」

もはや意味のない声を上げながら、蜘蛛《くも》の巣にかかった虫のようにばたつきながら、回転する世界に耐えられず、両目をギュッとつぶる……と。

ドサッ！

「ギャッ」

お尻を何かにしたたかに打ち付けて、遊馬は悲鳴を上げた。

まだ頭がグラングランするが、とにかく、どこかに着地はしたらしい。

遊馬は痛むお尻を片手でさすりつつ、ゆっくり目を開けた。

「うわ……」

そこは、やけに天井の低い、薄暗い部屋だった。

(なんだ、これ……いや、何だか懐かしいな、この部屋の感じ)

冷たい地面に座り込んだ遊馬は、ゆっくりと首を巡らせる。暗すぎて室内の全容はわからないが、目の前にあるのは、大きな暖炉《だんろ》だった。

太い木材を短く切り、それを燃やしてゆっくりと暖を取るタイプの薪《まき》だ。火の上には、脚付きの鉄の大鍋《おおなべ》がかかっていて、そこからボコボコと液体が沸き立つ音が聞こえる。

(何か薬臭《くさ》いのは、あの鍋の中身のせいかな。それとも……)

視線を上に向けると、そこにも部屋に立ちこめる独特の臭気の原因があった。様々な植物を、天井近くに張り巡らせた紐に束にして引っかけ、逆さまにぶら下げてあるのである。

そして、遊馬が感じた懐かしさの源も、そこにあった。

天井は、ゴツゴツした岩肌が剝《む》き出しになっていた。

それはまるで、切り立った崖《がけ》と一体となるよう建築された、ポートギース城の居室のような雰囲気《ふんいき》だった。

そのせいか、慣れない空間でも、あまり緊張を覚えない。むしろ驚きが去ると、好奇心が遊馬の胸にむくむくと湧き上がった。

（なるほど、ここ、どこかの洞窟《どうくつ》だ。浅い洞窟を、工房として利用してるのか。暖炉の煙突も、岩の割れ目を活用してるんだな）

感心していると、いつの間にか、目の前にはジャヴィードが立っていた。

どうやら彼が、遊馬を抱えて、彼曰《いわ》くの「空を飛ぶ」といういつもの謎めいた移動手段で、工房に連れてきてくれたらしい。少なくとも、遊馬の話に耳を傾けてやろうという気ではいるのだろう。

「お……お邪魔し……てます、既に」

遊馬はゆっくりと立ち上がろうとしたが、この部屋の天井の高さは、ジャヴィードに合わせてあるらしい。小柄な遊馬ですら頭を擦ってしまいそうだったので、膝立ちに留める。

「お前、小さいくせに見た目より重いな。抱えて飛ぶのに難儀《なんぎ》したぞ」

自分より小柄な相手にそんなことを言われて、遊馬は思わず自分の腹に視線を落とす。特に痩《や》せたとは思わないが、太ってもいないはずだ。

（いやもしかして、昨日の骨髄《こつずい》の分、脂肪《しぼう》がついちゃったかもしれない）

遊馬が半ば本気でそんなことを思っていると、ジャヴィードは暖炉の前の小さな椅子《いす》にちょこんと腰を下ろした。そして、火の前に敷かれた粗末なラグを指さす。

どうやら、そこに座れという意味らしい。

「失礼、します」

遊馬はもそもそと地面を這《は》い、粗い織りのラグの上に正座した。恐らくは、干した植物の茎《くき》を編んだものだろう。ズボン越しでも、飛び出した線維で肌がチクチクする。

「ここ、工房、ですよね」

訊《たず》ねる遊馬に、自分はゆったりと椅子に掛けたジャヴィードは、ローブの襟首《えりくび》に顎《あご》を突っ込むような姿勢で答えた。

「うむ。わしはこの辺りに工房をいくつも持っておってな。飽きたら他へ行く。ここには五日前に来た。採り頃の薬草がここにはよう生えておる」

「……へえ」

「おい。よもや、茶など期待しておるのではあるまいな。そなたをもてなす気はないぞ。用があるならとっとと話せ」

投げやりに促され、遊馬は正座のままで打ち明けた。

「今さらって言われそうなんですけど、最近……特にこないだの嵐の後から、僕、悩んじやってるんです」

「何をだ」

「ほんと今さらなんですけど、異世界から来た僕が、こんなにこの世界に干渉しちゃっていいのかなって」

それを聞くなり、ジャヴィードはけたたましい、ニワトリのような声を上げて笑い出した。腹を抱え、両膝をギュッと身体に近づけて、椅子の上で転げ回って笑う魔術師に、さすがに温厚な遊馬もイラッと来て文句を言う。

「笑いごとじゃないです！　僕は真剣なんですよ。だって、防災のこととか、災害が起こったときの対処とか……昨夜は、囚人さんたちの社会復帰についてとか、復興を観光で加速させるとか、この世界にはないアイデアをうっかりバンバン出しちゃって」

ヒーヒーとなおも引きつけでも起こしそうな勢いで笑い、滲《にじ》んだ涙を指先で拭《ぬぐ》いながら、ジャヴィードは楽しくてたまらないといった様子で遊馬をからかった。

「お前は面白い奴だ。まったくもって、今さらじゃろ」

「そうなんですけど、だんだん心配になってきました。こんなこと、許されるのかなって」

「誰が許す、許さんを決めるんだ？」

「わかんないですけど……神様？」

「わはははは！」

またしても大笑いするジャヴィードに、とうとう遊馬は癇癪《かんしゃく》を起こし、自分の太股《ふともも》を両手でピシャンと叩いた。

「ちょっと！　少しでいいから、真剣に聞いてください。怖いんですよ。僕が言ったりやったりしたことで、この国のありようが変わってしまうかもしれないっていう恐怖が、何かアイデアを出すたびに強くなってる気がします。だって、僕がここに来なかったら」

「ロデリックは王になることなく斬首《ざんしゅ》され、フォークナーも連座したであろうな。フランシスは傀儡《かいらい》に操られる王になり、ヴィクトリアはどこぞの好色な王の慰み者になっていたやもしれぬ。……そう思えば、お前はそう悪いことはしておらぬぞ？」

かろうじて笑いの発作《ほっさ》はおさめてくれたとはいえ、ジャヴィードの声の調子は、いかにも軽い。

遊馬は、ふう、と深い溜め息をついた。

「結果オーライってのに、これまで甘えすぎたかなと思って。……ほら、たとえば、僕の元いた世界では、最近、鳥の巣からヒナが落ちてたり、怪我《けが》をした野生動物がいたりしても、手を出すなっていうのが原則なんですよ」

「……ほう？　お前のいたのは、冷血漢の国か」

「じゃ、なくて！　巣から落ちたヒナの場合は、親鳥が見てて何とかするだろうってのが第一。他は……その、冷血なんじゃなくて、野生の営《いとな》みに人が安直に介入すべきじゃないって概念《がいねん》で……いや僕だって、いざというときにそうできるかどうかは別問題なんですけど、正論だとは思うんですよ、それ」

ようやく真顔になって、ジャヴィードは骨のように白くて細い人差し指をピンと立てる。

「つまり、小童よ。お前はここで、巣から落ちたヒナや、怪我をした野鳥を拾いまくったと思うておるのじゃな？」

遊馬は、こっくりと頷《うなず》く。

「そなたの世ではよからぬこととされておることを、延々……それこそ、一度は元の世に戻してやったにもかかわらず、戻ってきて続けておるのは何故じゃ？」

遊馬の柔らかそうな頰《ほお》が、ピクリと痙攣《けいれん》する。

それこそが、遊馬がジャヴィードに問いかけてほしかったこと、そして遊馬が打ち明けたかったことだったのだ。

「最初は、綺麗事《きれいごと》ですけど、放っておけなかったからです。間違ってることがまかりとおって、罪のない人が冤罪《えんざい》で命を奪われようとしているのを、自分が阻《はば》むことができるなら」

「ロデリックのことか」

「はい。他にも、色んな問題や困ってる人を見て、それを解決したり改善したりする方法を自分が知っているのに、黙ってることなんて、やっぱりできません。正しかろうと、正しくなかろうと、大局を考えて動くなんて、僕には無理です。目の前のことで手いっぱいの精いっぱいなんです」

「ふむ」

「僕、傍観者でいられるなら、元の世界からわざわざ戻ってきたりしなかったと思います。懐かしいなあって思いながら、元の世界で生きていったと思います。大好きな人たちをほっとけないし、ポートギースにも、マーキスにも、愛着があります。だから……帰ってきた。嵐の後も、早く復興してみんながいつもどおりの生活ができればいいと思うから、ついあれこれ提案しちゃう。だけど、ホントにいいのかなって」

「もはや手遅れであろ？　さんざんやらかしておいて、今さら後悔しても遅いぞ」

「後悔とは、また違うんですよ。なんて言えばいいのか自分でもわからないんですけど、いいのかな、に尽きるっていうか」

「笑止《しょうし》千万《せんばん》じゃ。たとえいかんと言うても、やるであろうが、お前は」

「そうなんですけど！」

「なれば、わしに言うことは何もない。そもそも、お前の振る舞いを律することができるのは、お前だけじゃ。王も法も、お前を縛することはできても、律することはできぬよ」

ジャヴィードは、上体を傾け、途方に暮れる遊馬の顔を、ニヤリと笑って覗《のぞ》き込んだ。

「ただ、その話をする相手をわしに定めたことは、実に正しい。お前、愚かではあるが、馬鹿ではないな」

「……え？」

「お前以前に、わしがそもそも、おってはならぬ者であろうよ。魔物と血肉を共にし、人間が到底生きられぬ長き時を生きてきた。本来、もはや死しておるべきわしは、ここではなれ、かように立派に生き、あれこれと成しておるぞ」

「それは……はい。だからこそ、ジャヴィードさんの意見を聞きたいと思いました。ジャヴィードさんも、世の中を大きく変えてしまう手段を持ってる人ですよね。でも、言っちゃなんですけど、めちゃくちゃのびのびと自由に生きてるなあと思って。自分のありように迷っちゃうこと、ないですか？」

「ない」

キッパリと即答し、ジャヴィードは、幾筋か垂れた細いお下げの先端を指先で弄《いじ》りながら、どこか厳《おごそ》かな声音《こわね》でこう言った。

「よいか、小童。この世を統《す》べるのは、王どもではない。得体の知れぬ神でもない。神々など、古《いにしえ》の人間が創り上げた、願いの集合体のようなものなのじゃからなあ」

とんでもなく不敬《ふけい》なことを口にして、ジャヴィードは天井を……いや、その上に広がっているであろう空を見上げた。

「今、ここにある無数の命の一つ一つに存在を許しておるのは、この世界そのものだ。わしはそう考えておる」

あまりにも先進的な考えを語るジャヴィードに、遊馬は呆気《あつけ》に取られてボンヤリしてしまう。

「世界、そのもの？」

「世界そのものが許しておるからこそ、我等はここに存在し、何かを成すことができる。ある程度のことを成し終えたとき、あるいは世界に不都合なことを成したとき、世界は不可視の指で命を摘《つ》み取るのであろう。そう考えれば、お前やわしがここに存在することを許されている理由が、わかるではないか」

遊馬はゴクリと唾《つば》を飲み込み、小さな声で言った。

「世界が、僕たちの存在を許している」

「それよ！」

ジャヴィードは甲高《かんだか》い声で歌うように叫んだ。遊馬は対照的に、掠《かす》れた、消え入りそうな声で問いかける。

「魔物と一体化しちゃったジャヴィードさんも、異世界から来た僕も、この世界にとって必要だから……正しいことをしているから、生きていられる？」

「正しいか否かは世界が判じるのだ。人の物差しで善悪をいかに断じたところで、それはあまりに小さな話よ。我等には、ここで成すべきことがある。己の意志に従い振る舞えば、その善し悪《あ》しはこの世界そのものが判じてくれる。それでよいであろ」

あまりにも明快な論理に、遊馬は狼狽《うろた》え、ずれてもいない眼鏡《めがね》を掛け直した。そんな遊馬を、ジャヴィードは愉快そうに見下ろしている。

その異形《いぎょう》の目には、これまでにはなかった親しみのような柔らかな光が宿っていた。

「惑うな、小童」

そんな呼びかけに、遊馬はまだ揺れる瞳で、魔術師の整った、皮肉と憂《うれ》いを煮詰めたような笑顔を仰《あお》ぎ見る。

「この世界が許す限り、お前は自由に考え、振る舞え。目先のことで手いっぱいなのは、お前だけではない。皆そうだ。ちっぽけな人間が語る大局など、海水の一滴、草の一本にも満たぬ。……忘れるな。お前は、この世に存在を許されし者だ。今はな」

冷ややかだが、どこか温かみのある声に、遊馬は頷いた。

迷いも恐怖も消え去りはしないが、遊馬が知るただひとりのアウトサイダー、言うなればオーパーツの大先輩の言葉は、とてつもなく頼もしい。

胸に一本のロウソクを灯してもらったような気持ちで、遊馬はラグに両手をつき、感謝を込めて深く頭を下げた……。

三章　落ち着けない人々

「で？　日暮れ近くまで、今日はどこで何をして過ごしたんだ？　まさか馬を貸してくれと言い出すとは思わなかったが、お前もとうとう、遠乗りを楽しむようになったのか？」

その夜、向かい合って夕食のテーブルに着くなり、クリストファーはそう問いかけた。

深皿にたっぷり盛りつけられた野菜のポタージュは熱々で、遊馬《あすま》はそれを木のスプーンで掬《すく》い、冷めるのを待ちながら、簡潔に答えた。

「遠乗りは手段であって目的じゃないです」

「……む？　どういうことだ？」

「実は、ジャヴィードさんの工房を訪ねてきました」

正直な告白を聞くなり、クリストファーは持ち上げかけていたスプーンを深皿に戻してしまった。その顔には、困惑の色が浮かんでいる。

「あの魔術師の工房を？　お前、工房の場所を知っていたのか？」

遊馬はほどよく冷めたポタージュを口に運び、曖昧《あいまい》に頷《うなず》いた。

「まあ、大雑把《おおざっぱ》には。呼んだら応えてくれて、助かりました。ジャヴィードさん、いくつも工房を持ってるらしいですよ。適当に行き来してるんですって。だから、会えてラッキーでした」

「あの怪しげな魔術師がやりそうなことだ。俺はどうも、あの手合いは信用する気にならん」

現実主義者のクリストファーは忌々《いまいま》しげにそう言い、自分もポタージュを味わって、「まあまあだな」と言った。とかく自分に厳しい彼が言う「まあまあ」は、客観的には上出来である。

島国だけに、安く大量に出回る小魚で出汁《だし》を取り、その出汁で野菜を煮込んで荒く潰したポタージュは、スープというよりお粥《かゆ》やペーストに食感が近いもので、ここマーキスでは日常的な献立《こんだて》である。

ただ、今夜のポタージュがいつもより少し風味豊かなのは、昨夜、骨髄《こつずい》を煮たときの汁で野菜を煮たからだ。

骨髄自体は遊馬の口には合わなかったが、骨についた肉からいい出汁が出たおかげで、ポタージュはいつもよりずっと旨《うま》い。

「魚のスープも美味《おい》しいですけど、やっぱりお肉の味って、元気出ますよね」

遊馬の素直な感想に、「そうだな」と一瞬緩《ゆる》めた頰《ほお》を、クリストファーはすぐに引き締めた。

「それはそうと、あの胡散臭《うさんくさ》い魔術師に、いったい何の用があったんだ?」

遊馬は、ほんの短いあいだ逡巡《しゅんじゅん》した。

帰り道、クリストファーに今日の出来事を問われたら何と答えようかと、ずっと考え続けていた。結論が出ないまま帰宅してしまったわけだが、やはり師匠《ししょう》に隠しごとというのは、何とも気分が悪い。それに、そもそも隠さなくてはいけないことでもない。

ただ、この世界に遊馬を無理矢理呼び寄せてしまったことに罪悪感を持ち続けているクリストファーをこれ以上苦しめるのは本意ではないので、遊馬は慎重に言葉を選びながら答えた。

「この世界で、僕はどんな風に生きていけばいいのか、滅茶苦茶《めちゃくちゃ》長生きしている先輩に訊ねてみたくなったんです。お互い、本来はここにいないはずの人間だから」

するとクリストファーは、何とも言えない微妙な顔で遊馬を見た。

「何か、悩みでもあるのか? それは、俺などではどうにもしてやれないことか?」

遊馬は慌てて首を横に振る。

「大丈夫です！　単純に、この世界で僕が知ってるいちばん突飛《とっぴ》な人に、アドバイスを貰えればって思っただけなので。おかげで、報酬《ほうしゅう》は身体《からだ》で払えって言われて、夕方まで薬草摘《つ》みを手伝わされてたんですけど」

「なんだ、それじゃあ、まったく休みになってないじゃないか」

「いえいえ、遠乗りも薬草摘みも、楽しかったですよ。お天気がよかったので、いい息抜きになりました。ひとりで出掛けるのも、凄《すご》く久しぶりだったし。あっ、ただ、お土産《みやげ》を買い損《そこ》ねちゃいました。すみません」

「そんなことは構わんが」

「あと、そういえばジャヴィードさんから、ロデリックさんに伝言があったんでした」

「伝言だと？」

「はい。ええと、『南からの風に備えよ』だそうです」

「何だそれは」

「いや、僕に訊かれてもわかんないですけど。『柄《がら》にもないお節介《せっかい》だ』って言ってニヤニヤするばっかりで、それ以上何も言ってくれませんでしたし」

「むむ……」

　クリストファーは渋い顔になり、小魚の干物を取った。カチカチになるまで干した魚を暖炉《だんろ》の火で炙《あぶ》った後、柔らかくなるまで麺棒《めんぼう》で叩きのめして骨ごと食べられるようにしたもので、マーキスの人々の貴重なカルシウム源だ。

指で裂いた半分を遊馬に差し出し、クリストファーは仏頂面《ぶっちょうづら》のまま魚を嚙《か》みしめる。

「あ奴は、欲深い、底意地の悪い男だが、嘘だけは言わん。お前に言《こと》づてを託したということは、それはロデリック様にお伝えすべきことなんだろう」

「でも、気が進みませんか?」

「進まんな。嵐からの復興事業で多忙を極めておられるロデリック様のお心を、いたずらにお騒がせしたくはない。だが……まあ、俺ごときの判断で握りつぶすのは、それこそ僭《せん》越《えつ》というものだな。一応、明朝にでも、お伝えだけはするとしよう」

そう言って、さんざん嚙みしめた魚を飲み下し、クリストファーは話題を変えた。

「それはそうと、今日、宰相《さいしょう》殿下から仰《おお》せつかったことだが……」

くだんの観光地図を二人で作成せよというフランシスの相変わらずの無茶振りに、こちらはチューインガムのようにどんどん味が出てくる干し魚を飲み込むタイミングを摑《つか》めないまま、遊馬は「あーあー」と不明瞭な嘆《なげ》きの声を上げた。

「僕もアイデアを出しながら、そうなるんじゃないかって気がしてたんですよね」

「お前の嫌な予感は、毎度よく当たるな」

「ホントですよ。でも、今度ばかりは、僕たちが適任っていうの、正しい気がします」

クリストファーは、顰《しか》めっ面《つら》のままで頷く。

「確かにな。さっそく明日から着手したいんだが、やはりまずは城下から始めて、城での仕事に都合が着き次第、壁の外の集落を数カ所ずつ回る短い旅に出る感じになるだろうな。鷹《たか》たちの世話は、悪いが親父《おやじ》にまた頼むことにする」

遊馬もクラストが石のように固いパンを渾身《こんしん》の力でちぎり、ポタージュに浸しながら同意した。

「わかりました。でも、着手前に編集方針を決めなきゃですね」

「編集……方針？」

「観光地図を闇雲に作ろうとしたって、無理ですよ。城下町のすべてのお店、職人さんを訪ねて取材するほど時間的な余裕がないでしょうし、もしそれができたとしても、何もかもを地図に書き込むのは無理でしょ？」

いきなりの問題提起に、こうしたことにまったく不慣れなクリストファーは、うっと鼻白む。

「た、確かにそうだな。俺も、着手といっても実際に何から始めればいいのか、見当もつかなかったんだが……」

「ですよね。わかります。茫洋《ぼうよう》とした気持ちになりますよね」

小学校時代、学級新聞係を何度か務めたことがある遊馬は、落ち着き払った口調で応じた。

「僕も迷いますけど、ここは僕たち二人だけじゃとても手が回らないので、城下の人たちの力を借りましょうよ」

「力を借りるといっても……誰にだ？」

困惑の面持《おもも》ちでいる師匠に向かって、遊馬は実に簡潔に答えた。

「そうだなあ。いちばん考えられるのは、組合。組合とかギルドとかって、ここにもきっとありますよね？」

「組合……。お前が言いたいのは、同職の人々が集まって組織している集団のこと、という意味か？　ならば、ある」

「そうです。それぞれの業種を束ねる組合に、協力を仰ぎましょうよ。だって組合があるのに、それをすっ飛ばして僕らが勝手に店や職人さんを選んで紹介したら、角が立つんじゃないですか？　そういうの、僕がいた世界だけかなあ」

「む。確かに、それはこのマーキスにおいてもそうだな」

「だったら組合の中で相談して、地図に載せるお店や人を選出してもらうのが、いちばん筋が通りますし、不公平感も少ないでしょ？　観光地図を作るにあたって何より大切なのは、公平であることですからね。僕たちは、誰とも利害関係を作っちゃいけないんです。いや、利はあってもいいけど、それはできるだけ平等に分配されなきゃダメです」

実に明快な遊馬の説明に、クリストファーは感心を素直に顔に出した。

「なるほどな。それは確かに道理だ。ああ、俺はともかく、お前にこの仕事を与えたのは、フランシス様の英断だな」

「そりゃ、言い出しっぺは僕ですからね。できるだけ責任を取らなきゃ」

可笑《おか》しそうに笑ってから、遊馬は少し心配そうにクリストファーに問いかけた。

「だけど、それぞれの組合長さんを訪ねて回るのは時間がかかりすぎるから、むしろ皆さんに集まっていただいて、一括《いっかつ》で協力をお願いできたらいいんですけど、そういうのって失礼過ぎますかね？」

クリストファーはしばらく考えて、こう言った。

「職人組合の長老たちは、皆、叩き上げの年寄りだ。たいていは気難しい連中だし、こちらが礼を失せばたちまち臍《へそ》を曲げる」

「うわ、じゃあ、呼びつけたりしたら滅茶苦茶怒られそうですね。やっぱり地道に回るしかないのかな」

「ポートギースと違って、マーキスでは人間関係がいささか堅苦しい。気遣いは必要だろうな。とはいえ、今回は理由が理由だ。マーキスを一日も早く復興させるためにこぞって協力してくれるよう、この際、宰相殿下じきじきに要請してもらおう。それならば、組合も動かざるを得まい」

「なるほど！　鶴の一声ですね。フランシスさんには、仕事を増やすなって怒られそうですけど」

「合理的で効率的な手段が、あの方のお好みだ。納得すれば、気持ちよく……いや、気持ちよく文句を言いながら動いてくださるだろう」

気持ちよく文句を言う、という表現があまりにもしっくり来て、遊馬はポタージュの水分で柔らかくなったパンを持ったまま笑ってしまった。

「わかるなあ、そのニュアンス。じゃあ、とりあえず城下町のお店関係は、それぞれの組合に連絡ってことで保留。先に取りかかるべきは、見どころですね」

「見どころ？」

クリストファーも、大きな手でパンをちぎり、口に押し込みながら首を捻《ひね》る。遊馬も、やや不安げに頷《うなず》いた。

「よく考えたら僕、ここに来てから、観光ってしたことがないな。いや、僕がいた世界におけるマーキス島って、いわゆるリゾート地で」

「りぞーとち？」

　耳慣れない言葉を、クリストファーは幼児のようなたどたどしさで復唱する。遊馬は、躊躇《ためら》いながらもリゾート地の説明を試みた。

「つまり、よそから来る人たちが、気持ちよくくつろいで過ごしたり、買い物を楽しんだり、レジャーを」

「れじゃー」

「あっと、レジャーっていうのは、遊びです。あれ、そういえばマーキスの城下町って、海がすぐそこのわりに、泳ぐのにいい砂浜がないですねえ」

　クリストファーは、さも当然といった顔つきで頷く。

「それは、そもそも島の中で、水深の深い入江のある場所を選んで城が築かれたんだから、当たり前だろう」

「港ありきってことですか」

「ああ。それも、大きな船が停泊できる港だ。それが造れるのは、島でここだけだったからな」

「なるほど。ってことは、城下町の皆さんは泳がないんですか？」

「そんなことはない。船乗りか漁師になるなら、泳げないと命にかかわる。だが、そうでないなら、泳げない者も多いはずだぞ」

「そうなんだ！　じゃあ、クリスさんは……」

「俺は泳げる」

「鷹匠《たかじょう》の跡取り息子だったのに？　船乗りにも漁師にもなる予定はなかったでしょう？」

「なかったが、親父はたくさんの家族を養っていたからな。俺たち子供は、岩場で貝や蟹《かに》を捕ったり、突堤から海に飛び込んで、魚を銛《もり》で突いたりして持ち帰ったものだ」

「ああ、おかずの足しに」

「足しどころか、それが頼りという日も多々あった。だから、自然と泳げるようになった。平民の子供は皆、そんなものだ」

「じゃあ、遊びで海に入るってことは」

「考えたこともない」

　クリストファーは真顔でそう断言して、不思議そうに遊馬の顔を見た。

「何故、そんなことを訊く？」

「うーん。たとえば、ポートギースみたいに海のない国から来た人にとっては、マーキスの海って魅力的だと思うんですよね」

「魚は旨《うま》いぞ？」

「いや、そうじゃなくて、水遊びとか磯《いそ》遊びとか、そういうことで」

「海で遊ぶという感覚が、どうも俺にはしっくり来んが、そういうものか？」

「そうか、沖縄出身の同級生が、意外と海に入らないって言ってたのと同じかあ……。当たり前にそこにあるものには、人って無関心になるんだよな」

「何をひとりでブツブツ言ってるんだ？」

「う、すいません。じゃあ、釣り！　釣りはできますか？」

「ああ、釣りなら突堤でも、岩場でも」

「なら、よそから来た人に、釣りを楽しんでもらいましょうよ。たとえ生活のためでも、釣りなら、魚がかかったら嬉しいでしょ？　それが遊びならなおさらです」

ようやく、クリストファーは納得の面持ちになった。短い髭《ひげ》が生えかけた顎《あご》を撫《な》で、ふむ、としばらく考えてから口を開く。

「それは大いに理解できる。だが、魚釣りについては、釣るだけじゃなく、釣った魚を料理して食うまでが楽しみ、喜びだろう。釣っただけでは足りんぞ」

「だったら、釣った魚を持ち込んだら、宿泊する宿屋が料理して食べさせてくれるってのはどうです？」

「それはいいな！　マーキスの魚の味も、マーキス料理の旨さも知ってもらえる。宿の組合に、是非《ぜひ》とも提言してみるとしよう」

「やった！　これでひとつ、観光の目玉ができましたね。釣りにいい場所と、季節によって釣れる魚、それを使った美味《おい》しい料理の紹介。うん、魅力的です！」

「そんなことでいいのか？」

拍子抜けした様子のクリストファーに、遊馬は語気を強めて言った。

「何だっていいんです。他の国にはなくて、この国にあるものなら。その代表格が海ってだけで」

「ならば、ネイディーン神殿にも協力を仰《あお》がねばならんな。海の女神ネイディーンを守護神に戴《いただ》く国は他にもあるが、我がマーキスのネイディーン神殿はその中でも抜きん出て壮麗《そうれい》なんだ。海を渡る旅人ならば、誰でも加護を求めて詣《もう》でたくなるはずだ。その、物見遊山《ものみゆさん》ではないが……」

「何言ってるんですか！　寺社仏閣《じしやぶつかく》は、圧倒的観光スポットですよ！」

「う……うう？」

圧倒的、という強い言葉に驚いて軽くのけぞるクリストファーに、遊馬はキッパリと言い放った。

「立派な建物を見て、そこに古くから大事に守られてきたお宝や神様の像を見て、感銘《かんめい》を受けて、そうしてなんだかよくわかんないなりにありがたい気持ちになって、神様仏様に手を合わせて、ささやかなお願い事をする……って、他ではできない素敵な経験じゃないですか。マーキス神殿、是非、観光地図に描き入れましょう。神殿だって、人がたくさん来て、お布施《ふせ》が増えたら嬉しいでしょう？」

「確かに、それはそうだな。神殿は、嵐の翌日からずっと、住む家を失った人々に神殿の一部を開放し、毎日炊《た》き出しを行っている。城の避難所を閉じてからは、神殿の避難所が城下では最大だ。身の安全を願う貴族たちからこぞって寄進があるとはいえ、金はあって多すぎるということはあるまいよ」

「ですよね。よーし、ちょっと乗ってきたぞー！」

張り切る遊馬とは対照的に、クリストファーはまだ戸惑いを精悍《せいかん》な顔に残しつつ、ふと気付いて慌てた様子でこう言った。

「いや、待て！　この話は、ここまでだ」

「えっ？　どうしてですか？」

「うっかりしていたが、お前は今日は休まねばならん。こんな、お役目にまつわる話を持ち出すべきではなかった」

どこまでも生真面目《きまじめ》なクリストファーに、遊馬は思わず噴き出した。

「そんな。いくらなんでも、今さらすぎますよ」

「過ちは、気付いたときに正すべきだ。俺が迂闊《うかつ》だった。……続きは明日、城下を実際に見て歩きながら話そう」

クリストファーはきっぱりとそう言った。

師匠《ししょう》がそんな風に断言するときには、食い下がっても無駄だと、遊馬は既によく知っている。

「わかりました。じゃあ、これからは何の話をします？」

「そうだな……」

仕事の話を中断したものの、他の話題を咄嗟《とっさ》に思いつかなかったのだろう。パンをポタージュに浸しては頬張《ほおば》る動作を二度繰り返してから、クリストファーは「ああ！」と眼光鋭い目を和《なご》ませた。

「そういえば、今日は城下で、ロデリック様の叡智《えいち》に触れた」

思いがけない話題に、遊馬はパンをちぎろうと四苦八苦していた手を止めた。

もともと城の厨房《ちゆうぼう》で、石造りの大きなオーブンを使って焼き上げられる大きなパンは、叩くと軽やかな音が響くくらいクラストが固く、全粒粉《ぜんりゆうふん》の香ばしい味がする。素朴《そぼく》だが飽きの来ない、シンプルな味の主食である。

だが嵐以来、食材の流通が悪くなり、同時にほぼすべての物価が上がってしまった。

そのせいで、手に入る色々な種類の麦の粉を混ぜざるを得なくなり、日々のパンは黒っぽく、ますます固くなった。

今のパンなら、背後から頭を殴打《おうだ》する武器に使えば、大の男でも気絶させられそうだ。

そのパンをさりげなく遊馬の手から奪い、大きな手でバリバリとこともなげに分解しながら、クリストファーは言った。

「先だっての嵐では、多くの家が被害を受けた。木造の家は軒並《のきな》み倒壊し、住人たちの多くは、今も避難所で寝起きしている。一方で石積みの家は、木製の屋根だけが飛んだ。俺の実家のようにな」

遊馬は気の毒そうに頷く。

「そうでしたね。でも、それが？」

「木造の家は、この際、再建するときには石造りの壁にするよう指導しているんだ。技術は必要だが、石壁用の石材なら、岸壁の岩を砕けばいくらでも手に入るからな……まあ、やりすぎると国土が小さくなってしまうと、ロデリック様が冗談を仰せだったが」

「いや、それ冗談じゃなくてガチじゃないですかね。僕のいた日本でも、鉱物や石材を切り出すために、山がなくなったりしてましたよ。いや、それはともかく、それで？」

「マーキスは、国土が小さいわりに森は豊かだが、だからといって木は無尽蔵《むじんぞう》じゃない。切れば、次が育つにはそれなりの年月がかかる。無駄な伐採《ばっさい》は避けたいところだ」

「つまり、木材は屋根だけに使う方針ってことですね？」

「ああ。最終的には石造りの家の屋根だけを板張りにして、素焼きの瓦《かわら》で葺《ふ》くというのが、今の再建方針だ。瓦を載せておけば、ある程度の暴風にも耐えうるだろう」

「そうですね。ますます沖縄の話っぽいな。だけど、それがロデリックさんの叡智？」

不思議そうな遊馬に、クリストファーは小さくかぶりを振って答えた。

「だが、大工も瓦職人も、手が足りん。特に、瓦は大量に作るにはかなりの時間がかかる。どうしたものか……と考えていたら、ロデリック様が、一時的に茅《かや》葺きにしてはどうかとご提案くださってな」

「茅葺き！　僕なんかは、ちょっと憧れる奴ですね。でも、それこそ材料の調達が難しいんじゃ……？　茅なんて、今日言って明日手に入るようなものじゃないでしょう？」

「無論、本来の材料で葺こうとすれば、板張りの屋根より厄介《やっかい》だろう。ゆえに、古い書物をあたり、ロデリック様が使うよう指示なされたのは、シダの類《たぐい》だ」

「シダ？　確かに、壁の外に出れば、どこにでもうじゃうじゃ生えてましたね」

「ああ。それを束ねて屋根を葺かせてみたんだが、存外、役に立つ。しかも、茅と違って摘《つ》んだまま、乾燥させずに使うことができる。無論、見栄えは悪いし、長く持ちこたえはせんだろうが、当座の雨風を防ぐには十分だ」

そこで言葉を切り、クリストファーは誇らしげに小さな小屋の中を見回した。

「神殿でも城下でも、避難所はお前の提案を受け、極力快適に過ごせるようにはからっている。それでも皆、どれほど荒れてしまったとて、我が家がいいんだ」

遊馬も、しみじみとクリストファーに同意した。

「そりゃそうです。いくら衛生面に気を遣っても、家族ごとに布でパーティションを切るようにしても、そこは『我が家』じゃないですからね。本当の意味で心が安らぐことはないんじゃないかな」

「そうだな」

素朴《そぼく》な木製のボウルに残ったポタージュをパンの柔らかい部分で丹念に拭《ぬぐ》い取りながら、クリストファーはふと遊馬の顔をじっと見た。

「お前にとって、ここは『我が家』か？」

その、深い懸念《けねん》を込めた質問に、遊馬は屈託のない笑顔で眼鏡《めがね》を押し上げ、即答した。

「勿論《もちろん》」

「本当か？　話を聞いても想像だにできんが、お前が元いた世界は、もっと文明が進み、便利で快適な場所だったことだけは理解している。城内ならともかく、こんなあばら屋住まいでは、気苦労も多かろう。まったくもって今さらだが」

相変わらず、遊馬をここに連れてきてしまったことに負い目を持ち続けているクリストファーに、遊馬は声にいっそう力を込めた。

「確かに不便なことは多いですし、つい色々ないものねだりをしちゃいますけど、僕、この暮らしは嫌いじゃないです。ないならないで、どうにかやっていけるもんだなって、日々、新しく発見するのは悪くないもんですよ？」

「そう言われても、俺は今の暮らししか知らんから、わからんが」

「それもそっか。でも、今のところ、耐えがたくつらいってことは、我ながら驚きですけど、ないんです。それに、ポートギースから戻ってきたとき、懐かしの我が家だって言っちゃったくらい、ここはもう僕のホームベース、つまり『我が家』なんです」

「……そうか」

「はいっ。その……この世界が、僕の存在を許してくれなくなるまでは、ここは僕の家ですよ。そして、クリスさんは僕の上司兼師匠」

「存在を……何だって？」

遊馬が、昼間のジャヴィードとの会話を思い出して口にした言葉の意味を捉えかね、クリストファーは目をパチパチさせる。

「何でもないです。僕が今、けっこう幸せに暮らしてるってことだけ知っていてください。……とはいえ、このパンについては、いくら何でも固すぎますよね。顎《あご》が疲れてきました」

それには、クリストファーも渋い顔で頷《うなず》く。

「まったくだな。皆が耐えねばならんときだ、食えるだけで感謝すべきとはいえ、何かに浸さないと食えん。明日は、もっと水気の多いポタージュを作るとしよう」

「ですねえ。そうだ、観光地図の下調べと食料調達を兼ねて、明日、釣りにチャレンジしたいな。駄目ですか?」

「時間が取れそうならな。実家に釣りの道具があるから、借りていこう。もうずいぶん釣りには行っていない。腕はすっかり鈍っているだろうが、それでもお前に手本を見せるくらいは容易《たやす》いことだ」

けっこう乗り気で胸を張るクリストファーに、自分も最後のポタージュをパンで拭い、器《うつわ》を犬が舐《な》めたくらい綺麗《きれい》にしていた遊馬も、楽しげに笑った。

「あはは、それじゃ、クリスさんは僕の釣りの師匠にもなっちゃいますね」

「無論だ。ああ、新鮮な魚が釣れたら、ロデリック様に献上しよう。民が困窮《こんきゅう》しているときに、自分が贅沢《ぜいたく》をするわけにはいかんと、昨今は我等とさほど変わらんものを召し上がっておられるからな」

「ええっ？　まさか、この固いパンを、ロデリックさんやフランシスさんが？」

「いや、さすがにここまでではなかろうが」

「よ、よかった。……ああ、そうか。ロデリックさんが昨日、ここであんなに嬉しそうに牛の骨髄《こつずい》を食べてたの、そのせいもあるのかな」

「かもしれん。ロデリック様は、こうと決めたらあれで頑固であらせられるからな。付き合わされるフランシス様はたまったものではなかろうが……」

「でもまあ、そこでちゃんと付き合うのが、フランシスさんのいいとこですよね」

「違いない」

　粗食が並ぶテーブルを眺めるフランシスの渋面《じゅうめん》をおそらくはかなり正確に想像し、遊馬とクリストファーは愉快そうに笑った。

　二人にとっての「我が家」での穏やかな夜は、この夜を境にしばらくお預けとなるのだが、そんなことは、神ならぬ身の遊馬には知る由《よし》もないことだった……。

＊　　　＊

　翌朝、クリストファーと遊馬は、登城してフランシスと面会した後、城下町に繰り出した。

　天気は快晴、気温は高いが、幸い、湿度がさほどでもないので過ごしやすい。

　あくまでも今日は「視察」なので、クリストファーも遊馬も短刀しか帯びず、麻のシャツにズボン、薄手のベストという軽装だ。遊馬は、眼鏡が悪目立ちしないよう、つばの短い帽子を深めに被《かぶ》っている。

　まだ朝早い時間帯だが、城から港、そして最終的にはネイディーン神殿まで続くメインストリートは、既に賑《にぎ》やかで活気に満ちている。

「ああ、前にこの辺りを通ったときよりは、ずいぶん建物の修繕《しゅうぜん》が進みましたね。あっ、あれが、ロデ……国王陛下発案の、シダ葺きの屋根ですか？」

　遊馬が指さしたのは、メインストリートから一本入った細い筋沿いの小さな家だった。おそらく、この辺りの店で働く職人の住まいだろう。明らかに急ごしらえの不格好な屋根は、青々したシダの束で葺かれている。

　クリストファーは、嬉しそうにシャープな頰《ほお》を緩《ゆる》めた。

「そうだ。他の育ちの早い植物でも試す予定だが、やはりシダがとりわけ具合がよさそうだ。……それより、あれを見ろ、アスマ」

クリストファーは、前方に見えてきた広場を指さした。規模としては決して大きくはないが、広場の中央には公衆の水場があり、地下からの湧き水で手や足を洗ったり、飲み水を得たりすることができる。

その水場を取り囲むように、広場には様々な露店が並んでいた。

衣類、調理器具、布、なめし革や毛皮、金属製品、食器、野菜、穀物《こくもつ》、スパイス、魚、肉、パン、乾物……。

およそ、ないものはないと言っていいくらいの、バラエティ豊かな品揃えである。

呼び込みの声に交じって、家々から出てきた女たちが盛んに値切る声が飛び交っている。

「嵐の直後、船が港に着けられなかったときにはずいぶん品薄になったようだが、今はこのとおり、活気を取り戻している。昨夜、床の中で考えたんだが、これも……」

クリストファーは張り切った様子で話し始めたが、皆まで言わないうちに、遊馬の弾んだ声に遮《さえぎ》られてしまう。

「これも是非、観光地図に入れましょう！　朝市なんて、観光のド定番じゃないですか。お土産《みやげ》っていうより日常品ばかりだけど、それもまたよそから来た人たちには興味深いと思いますよ。あと、食べ物の屋台もちょこちょこあるから、朝ごはんはここで、ってのもいいですね。うん、ショッピングと食べ歩き。なんだ、ちゃんといいスポットがあるじゃないですか！」

「う……うむ、俺もそう思って」

「町の人に人気があるのはどれですか？　家で朝ごはん食べちゃったけど、少しは試してみたいです」

「む……む、そうだな」

おそらく、自信を持ってプレゼンするつもりが、遊馬にさくさく話を進められていささか面白くないのだろう、クリストファーは顰《しか》めっ面《つら》で、それでも律儀《りちぎ》に露店を吟味《ぎんみ》し始めた。遊馬も師匠《ししよう》について、人波に紛《まぎ》れ、食べ物の露店をチェックしてみる。

水場があるおかげだろう、露店はどれも、思いのほか清潔なようだった。

料理を盛りつける皿として使われるのは、平べったくカチカチに焼いたパンだ。それも汁が染みると美味《おい》しく食べられるので、遊馬の知る現代日本の屋台のように、大量の使い捨て容器のゴミが出たりしない。

ただ、貝殻《かいがら》や骨などが無造作《むぞうさ》に地面に捨てられているところは、要改善である。

（ゴミ箱を設置しなきゃな）

遊馬がそんなことを考えながら歩いていると、クリストファーが足を止めた。

「ああ、これがいい。昔ながらの菓子だ。子供の頃は、親父《おやじ》の仕事を手伝って貰った僅《わず》かな小遣いを握り締めて、一つだけ買ったこれを兄弟全員で一口ずつ分け合ったものだ」

彼の懐かしげな視線の先を見て、遊馬は「わあ」と歓声を上げた。

それは、揚げ菓子を売る露店だった。

冷蔵設備がないので、露店で売られている食べ物は、果物以外はしっかりと火を通したものばかりだ。焼く、茹《ゆ》でる、蒸す、と同時に、揚げて供《きょう》する食べ物も多い。

その中でも、今、遊馬が見ている露店は、ドーナツのような揚げ菓子ただ一種類を売っている。

そうはいっても、ただのドーナツではない。雪の結晶のような幾何《きか》学模様の、実にミステリアスで華やかな揚げ菓子だ。

見ていると、作り方も、遊馬が知るドーナツとは違っていた。

金属製の型に長い柄がついていて、まずはその型部分だけを油に浸して加熱する。

十分に型が熱くなったら、今度はそれを、大きな木鉢いっぱいに作ったトロトロのたねの中へそっとつける。

その瞬間、ふわっと優しい卵の香りが漂ったので、おそらくホットケーキミックスかスポンジケーキの生地のような、卵と何らかの穀物の粉でできたたねなのだろう。

熱された生地は、たちまち型の表面に粘り着く。

その状態の型を、再び油に入れると、まるで魔法のように、生地がふわふわと膨《ふく》れながら、型から自然に剝《は》がれ、油の中に泳ぎ出る。あとは、油の中で引っ繰り返しながら、生地全体がきつね色になるまで揚げ、取り出して油を切り、糖蜜《とうみつ》をたらりと掛け回せば完成だ。

おそらくかなりの技術が必要なのだろうが、数人の職人が油の鍋《なべ》を取り囲み、汗だくになって次々に菓子を揚げていく。

風変わりな作り方に興味を惹《ひ》かれ、油の中で生地が美しい形にふわっと膨らむ瞬間が見たくて、子供たちが露店の前に鈴なりになっている。

その子供たちの羨望《せんぼう》の視線を受け流しつつ、クリストファーは揚げ菓子をひとつ買い、遊馬のところへ戻ってきた。

「俺が子供の頃から、形も大きさも少しも変わらん。もっとも、ガキの頃は、もっと大きく感じられたものだが」

そう言って、クリストファーはホロリと笑う。

「クリスさんが大きくなっちゃったんですね。これ、作り方も形も面白いな。僕は見たことがないですけど、マーキスの伝統菓子なんですか？」

「本来は、もっと北方の国から伝えられたものだそうだが、今は朝市の名物みたいなものだ」

「なるほど。一口齧《かじ》っても？」

「無論だ」

クリストファーは、お先にどうぞというように、揚げ菓子を遊馬に手渡す。遊馬はまだ熱々の揚げ菓子を、慎重に齧ってみた。

完璧《かんぺき》な形を崩すのは勿体《もったい》ないが、思いきって歯を立てると、外側は香ばしくカリカリとした食感だ。

（あ、これ、ドーナツショップのオールドファッションみたいな感じ）

懐かしい食感に、遊馬は胸がわくわくするのを感じた。

生地に甘みはほとんどないが、噛《か》むと糖蜜がじゅわっとしみ出して、まるでドライなホットケーキを食べているような味わいだ。

「ちょっと口の中の水分を奪われて大変ですけど、味は凄《すご》くいいです！　これは旅行客にウケますよ。クリスさんも、どうぞ」

「おう」

クリストファーも、大きな一口を頬張り、満足げに頷《うなず》いた。どうやら、味のほうも昔と変わりはないようだ。

「大昔、陛下にもこれを買っていって差し上げたことがある。そんな下品な食いものを未来の国王に食べさせるんじゃないと、あとで女官長に死ぬほど叱《しか》られた」

「あはは、王子様に露店の揚げ菓子はヤバいかもですね。でも、喜んだだろうな、ロデリ……陛下」

「一口目は、ことのほかお喜びになった」

「……一口目限定ですか？」

「三口目からは、油そのものを食べているようだと仰《おお》せだったな」

「間違いない。わりと噛むと糖蜜と油がじゅわっときて、こう、美味しいものは糖と脂肪《しぼう》からできている、とかいうＣＭのフレーズを思い出す味でした」

遊馬がそんな正直なコメントを口にしたところで、クリストファーが「む？」と眉根《まゆね》を寄せた。

遊馬が振り返って見ると、ごった返す人々を掻《か》き分けるようにして、この暑いのに光沢のある金属製の防具を肩から胸にかけて装着した近衛兵《このえへい》がこちらへやってくる。

マーキス城から普段は外に出てこないはずのその姿に、遊馬は童顔を引きつらせてクリストファーを見た。

「ま、まさか今、僕が陛下を名前呼びしそうになったのがバレた……?」

「そんなわけがあるか。というか、そんなくだらん理由で、近衛兵がわざわざ城から飛び出してくるわけがなかろう」

そう言うと、クリストファーは揚げ菓子を、露店の前で物欲しそうに見ていた子供のひとりに差し出した。

「食いさしで悪いが、皆で分けて食べろ。独《ひと》り占《じ》めはいけないぞ」

思いがけず気前のいいプレゼントに、子供たちはわっと活気づく。露店の前から離れ、大騒ぎしながらバタバタと駆け去って行く子供たちの一群を笑顔で見送ると、クリストファーは糖蜜のついた指を素早く舐《な》め、シャツの裾《すそ》でゴシゴシと拭いた。

どうやら、彼らの目的が自分であることを、クリストファーは早々に悟っていたらしい。

「クリスさん?」

不安げに呼びかける遊馬には答えず、クリストファーはプライベートの顔から、たちまち仕事中の顔になって近衛兵を見た。

「国王補佐官どの。お探し申し上げました」

市には不似合いなものものしい近衛兵の出《い》で立《た》ちと大きな声に、人々はさあっと潮が引くように遊馬たちの傍からいなくなる。そのくせ、遠くに行くのではなく、遊馬たちを取り囲んで見物を決め込んでいるようだ。

あの人が国王補佐官なのかい？　隣の小さいのは何だろうね、息子かね、などという人々の声がサラウンドで聞こえてきて、遊馬は思わず俯《うつむ》いた。

クリストファーは、低い声で近衛兵を窘《たしな》める。

「そう大声を出すな。ここは庶民《しょみん》が気軽に楽しめる場所だ。雰囲気《ふんいき》を壊したくない。で、わざわざ何の用だ？」

「失礼致しました！　その、宰相《さいしょう》殿下が、補佐官どのをお探しです。至急、お城に戻られますよう」

どうやら、礼儀正しく小声で喋《しゃべ》るということができないたちらしい。注意されても十分過ぎるほど大きな声で、近衛兵は言った。

「宰相殿下が？」

「火急の用と伝えよ、とのことでございました！」

クリストファーは、興味津々《しんしん》で自分たちを眺め、聞き耳を立てている人々を一瞥《いちべつ》し、渋い顔で頷いた。

「あいわかった。先に戻り、宰相殿下にはすぐに参上するとお伝えしてくれ」

「かしこまりましたっ！」

近衛兵は全身が痙攣《けいれん》したのかと思うほど堅苦しい敬礼をすると、再び荒っぽく見物人を押しのけ、のしのしと去って行く。

「行くぞ、アスマ」

クリストファーはそう言うと、遊馬の腕を引き、こちらもすばやく市の雑踏から抜け出した。人々の好奇の目から逃れるには、とにかく速く歩くしかない。遊馬はほとんど小走り状態でクリストファーに従った。

クリストファーがようやく歩くスピードを緩《ゆる》めたのは、ずいぶん城の近くに戻ってきてからだった。

「はあ、ビックリしましたね。宰相殿下、いったい何のご用でしょうね」

遊馬が息を乱しながらそう言うと、こちらはまったく平静な口調で、クリストファーはぶっきらぼうに答えた。

「わからん。今朝、お話ししたときには、各組合の長《おさ》を集めて、観光地図の件で協力を仰《あお》ぐ任は、存外気前よく引き受けてくださったんだがな」

「何か問題が起こったか、他の用事ができたんでしょうか」

「かもしれんな。とにかく、お目通りすればわかることだ。小屋に戻ったら、着替えてすぐに登城するぞ」

「火急の用なのに、そこは律儀《りちぎ》に着替えるんですか？」

「こんな粗末ななりで、お城に上がるわけにはいかん。国王補佐官が礼を失した振る舞いをすれば、国王の顔に泥を塗ることになる」

「なるほど。……ああ、でも朝市、もっとじっくり見て回りたかったです。きっと、観光の目玉の一つになりますよ」

遊馬がいかにも残念そうにそう言うと、クリストファーは額に滲《にじ》んだ汗を手の甲で拭《ぬぐ》いながら、事もなげに言い返した。

「朝市は、露店は入れ替わるが毎日立つ。また来ればいいさ」

遊馬も、素直に頷いた。

「ですよね。地図で紹介するなら、もっと詳しく知らなきゃだし。それにしても近衛兵さん、よく僕たちがあそこにいるってわかりましたね。あんまり汗をかいてなかったから、そう長時間探したわけじゃなさそうだし」

そんな遊馬の推理に、クリストファーは真っ直ぐな眉を少し上げた。

「お前は、ぼんやりしているようで意外と鋭いな。だが、理由は簡単だ。今朝、お目に掛かったとき、宰相殿下には、お前に朝市を見せるつもりだと申し上げた」

「なーんだ。意外と、話は単純ですね」

「そういうことだ。……お城で待ち受けている話も、そうだといいんだが」

早くも、まるで叶わぬ願いのように力なく呟《つぶや》いて、クリストファーは頭上遥《はる》か上をゆったりと流れていく白い雲を見上げた。


「旅に出てもらう」

衣服を改めて出仕したクリストファーと遊馬を待ち受けていたのは、宰相フランシスだけではなかった。

執務室の机に向かい、山と積まれた各地からの陳情《ちんじょう》の書類に目を通しつつ、国王ロデリックは、相変わらずの青白い顔を呼びつけた二人に向けもせず、まるで挨拶《あいさつ》代わりのようにサラリとそう言った。

床に片膝をつき、頭《こうべ》を垂れて畏《かしこ》まっていたクリストファーと遊馬は、思わず下を向いたまま、微妙に首を曲げ、困惑と驚きの視線を交わす。

「立つがよい」

国王の執務机の横に立ったフランシスは、大輪《たいりん》の花のようだと形容される美しい顔に微苦笑を浮かべ、おそるおそる立ち上がった遊馬の顔を見た。

「そなたが、あの胡乱《うろん》な魔術師より預かってきた伝言のせいだぞ、アスマ」

「えっ？　あ、もしかして」

一瞬面食らった遊馬だが、すぐにジャヴィードとの会話を思い出し、未だ書類を読んでいる、ロデリックの滅多《めった》に見られない綺麗《きれい》なつむじを見ながら口を開いた。

「ジャヴィードさんが言ってた、『南からの風に備えよ』って奴ですか？」

フランシスは、瞬きで頷く。

「さよう。今朝方、フォークナーよりそれを聞き、陛下にお伝えしたところ、即座にそなたらを呼べと仰せになってな。南風をもっとも受けるのは、島の南端の集落だろうと」

今度は思いきり顔を見合わせたクリストファーと遊馬だが、今回、問いを発したのは、やはりクリストファーのほうだった。

「つまり、我等に、島の南端へ旅に出ろと仰せですか？」

そこで初めて、ロデリックは顔を上げた。マーキス島の各地から寄せられる復興援助の要請に応え続け、ただでさえ短い睡眠時間をさらに切り詰めているせいで、ロデリックの普段は冴え冴えしている双眸《そうぼう》は、血走って腫《は》れぼったい。

「そうだ」

短く肯定するロデリックに、フランシスはやや不満げに言った。

「あのような怪しげな魔術師の申すことなど真に受ける必要はないと申し上げたのだがな、

お聞き入れにならぬのだ」

「もしかして、ロデリックさんも、ジャヴィードさんの言うことを信じてるんですか？」

人払いしているとはいえ、相変わらずロデリックを名で呼ぶ遊馬をフランシスはジロリと睨んだが、当のロデリックは、それをさも当然という顔で受け入れ、頷いた。

「あれがいかに浮世離れしておると言うても、顧客《こきゃく》がおらねば食い詰める。島が復興せねば、あれも飢えるのだ。ならば、かようなときくらいは、国を守護する文言を発しても不思議はあるまい」

「な……なるほど？」

「わたしの印象だが、あれはあれで、この地に愛着があるのではなかろうか。なればこそ、ああして自由に移動できる身の上でありながら、我が国に住まい続けておるのだろう。故に、此度《こたび》のジャヴィードの忠告、疎《おろそ》かにしてはならぬと考えた。わざわざそなたに言づてしたのだ。戯《ざ》れ言《ごと》ではあるまいよ」

工房を去るとき、どこか奇妙なひと呼吸を置いてから、いつもと違う、どこか自嘲《じちょう》めいたニヤニヤ顔でくだんの伝言を口にしたジャヴィードの童顔を思い出し、遊馬は慎重に同意した。

「僕も、同じ印象を持ちました。自分でも『柄《がら》にもないお節介《せっかい》だ』って言ってたから、本気だと思います。ただ、確かにロデリックさんを心配してっていうより、この国への愛着から出た言葉なのかも」

「で、あろうな。わたしとて、ジャヴィードと胸襟《きょうきん》を開いて語り合ったことはないが、短い言葉の端々より、あれがみずから言うほど気まぐれに振る舞っているわけではないことくらいは察する。心のうちに、たとえ多くはなくとも、誠《まこと》なるものを持つ人物なのだろう。そうでなくば、あの聡明なヴィクトリアが信を置くはずはない」

末の弟を素直な言葉で賞賛して、ロデリックはようやくそこで、たっぷりした長衣の袖《そで》が重くてたまらないと言いたげな最低限の動きでペンを置いた。

「とはいえ、やはり最優先すべきは城下の復興、民の暮らしの安寧《あんねい》だ。いかに小さき労働力であれ必要とされておる今、魔術師の言葉ひとつで兵を動かすわけにはゆかぬ。かと言うて、信なき者をやっても意味がない。ゆえに、そなたらに託す」

「わたしは、くだらぬ戯れ言だと思うのだがな。だがまあ、そなたらを視察に往《ゆ》かせることで、陛下の御心が安らぐなら、それに越したことはあるまい」

フランシスは冷ややかにそう言うと、大きな執務机の上に、マーキス島の地図を広げた。

視線で招かれ、クリストファーと遊馬は机に近づく。

フランシスは、王族の証《あかし》である指輪を嵌《は》めたスラリとした人差し指で、島の南側の海岸線を辿《たど》った。

「南と一口に言うても、集落はいくつも点在しておる。まあ、城よりもっとも近い、比較的大きな集落より視察に回るとよかろう。まずはこの、南東端のヨビルトン集落がよいであろうな。そこから海岸沿いに移動し、南西端のドマー集落まで足を伸ばすがよい」

クリストファーは、命令を頭に刻み込みながら真剣な面持《おもも》ちで頷く。

「承知致しました」

「復興の進捗《しんちょく》も、その目で確認して参れ」

そう命じてから、フランシスは、右の口角だけを吊り上げ、いつもの皮肉屋らしい笑みを浮かべた。

「国王補佐官とは名ばかりの雑用係だと、苦々しゅう思うておろうな、フォークナー」

「左様《さよう》なことは！　陛下と宰相殿下に信を置いていただけるだけでも、俺にとっては身に余る栄誉です。お二方のために俺にできることがあるなら、何でも致しますし、どこへでも参ります」

他の人間が言えばおそらく薄っぺらく聞こえる言葉でも、生真面目《きまじめ》を絵に描いたようなクリストファーの口から出ると、ストレートに胸を打つものがある。

ロデリックはいつものポーカーフェイスで何も言わなかったが、フランシスはどこか悔《くや》しそうに口をへの字に曲げ、「左様か」と言うと、地図を丸めてクリストファーに差し出した。

「異変がなくとも、都度《つど》、報告の使いを寄越せ。集落の者を適宜、金で雇うがよかろう。これを」

　地図をクリストファーに手渡してから、フランシスは机上《きじょう》に置かれていた小さな革袋を、今度は遊馬に差し出す。受け取ったそれは、ズッシリと重く、中から鈍い金属音が聞こえた。

「あっ、もしかして、お金ですか？」

「金がなくては始まらぬだろう。もっとも、使い果たさずともよいのだぞ」

　やはり底意地の悪い笑顔で無駄遣いするなと釘を刺し、フランシスは用は済んだと言いたげに半歩下がる。

　ロデリックは、置いたペンを再び取り上げ、両手の指で細い軸を弄《もてあそ》びながら、いつもの陰鬱《いんうつ》な声で言った。

「アスマ、そなたも共に行け。そなたのその眼鏡《めがね》を通してのみ見えることもあろう。クリスを大いに助けてやるがよい」

「はいっ！」

「これを持て。役立つこともあるやもしれぬ」

直立不動で返事をした遊馬にロデリックが手渡したのは、二人が国王の特使であることと、二人の役割を記した、いわば「辞令」のような書類である。

「僕、元の世界ではまだ社会人をやったことがなかったので、なんだか今、急に就職した実感が湧いてきました。こんな凄《すご》い辞令を貰える日本人、なかなかいないだろうなあ」

他の三人が決して理解することはないであろうそんな感慨を口にしながら、遊馬は卒業式よろしく、両手で恭《うやうや》しくそれを受け取った……。


国王の「疾《と》く発《た》て」という一言は、現代社会における上司の「なるはやで」の何百万倍もの迫力と強制力がある。無論、たとえロデリックが国王でなくても、彼のためならクリストファーは迷わずそうしただろうが、執務室を辞した二人は、そのまま大急ぎで旅支度《たびじたく》を整え、それぞれ馬に乗って出立《しゅったつ》した。

まだ、太陽は頭上から眩《まぶ》しく照りつけてくる。気温は高いが、頭と上半身を覆《おお》うフード付きのマントは必須《ひっす》だ。日よけと風よけ目的だろう、街道沿いには街路樹が並んでいるが、それでも強い陽射しを十分に遮るには至らない。

「雨よりはずっといいけど」

それにしても暑い、とこぼして、遊馬は額の汗をシャツの袖で拭いた。

城下で買い集めた旅の道具は、それぞれの馬に振り分けて運ばせているが、十分な時間がなかったので、何もかもが必要最低限だ。旅が長引くようなら、道中、どこかで補充する必要が生じるだろう。

大切な鷹たちの世話は、買い物の合間にクリストファーの実家に立ち寄り、先代の鷹匠《たかじょう》、つまり彼の父親に託してきた。

「またか！　まあ、よかろう。家の修繕《しゅうぜん》を手伝ってくれた礼だ。不甲斐《ふがい》ないお前に代わり、わしが鷹どもを鍛えてやろう」

たとえ引退して長男に職を譲《ゆず》っても、鷹への愛着は強いのだろう。しぶしぶを装《よそお》いつつも、クリストファーの父、ブラムは、嬉しさを隠しきれずに仕事を引き受け、「存分に陛下のお役に立て」と息子を鼓舞して送り出した。

そのせいもあり、くつわを並べるクリストファーの横顔からは、いつもの精悍《せいかん》さに加え、強い決意のようなものが遊馬には見てとれる。

「日が落ちる前に、フランシスさんが言ってた最初のヨビルトン集落には着けますよね？」

そんな遊馬の問いかけに、クリストファーはフードに覆われた頭を軽く上下させた。

「無論だ。いくら開けた街道とはいえ、日没後の移動は避けたい。開けている分、夜盗が出やすいからな。暑い時期でなければ馬を走らせるんだが、そうもいかん」

「ですね。馬もきっと暑いでしょうから、労《ねぎら》ってあげなきゃ」

馬の首を軽くとんとんと叩いてご苦労様の合図をしてから、遊馬はまだ幅が広い、前方ずっと先までゆったりとうねりつつ続く街道を眺めた。

街道の両側には、まだ畑や牧草地が広がっている。このあたりで生産された野菜や乳製品、肉類が、城下町に運ばれるのだ。

今が旬《しゅん》なのだろう、キャベツによく似た、固い葉が球体に近い形に撒《ま》いた野菜があちこちの畑で育っていて、農夫たちがせっせと収穫しているのが見える。遊馬が知るキャベツよりは倍近く大きい。一株で、大家族を二日は養えるスープになるサイズだ。

(ここに来て、野菜を見るとスープのことばっかり考えるようになっちゃったな。日本でいうところの具だくさん味噌汁みたいな感覚だもんな)

そんなことを考えていると、口の中に味噌の味が広がるような気がして、遊馬はゴクリと唾《つば》を飲み込んだ。汗をかくせいで、身体《からだ》が塩分を欲しているのかもしれない。

この世界でも、経験的に、発汗時は水分と共に塩分の補給が重要だと周知されているようで、遊馬も旅支度のひとつとして、お守り大の革袋に入った塩を持たされている。マーキスでは海水から塩を作ることができるが、じっとり湿った重い塩は携帯には不向きだ。

今、遊馬が取り出してペロリと舐《な》めたのは、ヴィクトリアの嫁《とつ》ぎ先、ポートギースから輸入するようになった岩塩の欠片《かけら》だった。

「のどかですねえ。あっ、クリスさん。シダを満載した荷車とすれ違いましたよ、今」

「ああ、見えている。屋根を葺《ふ》くための材料だな。ロデリック様の案が、新たな商売を生み出している」

クリストファーは、誇らしげに胸を張る。

「たくさんあると思うものほど、採りすぎるとあっという間になくなってしまうから、そこだけは注意しなくちゃですね。減ったことに気付いた頃には、もう手遅れってこともありますから」

そんな、いかにも現代日本人らしい反省を口にしつつ、遊馬は興味深そうにキョロキョロと辺りを見回した。

昨日、ジャヴィードの工房を訪ねたときの街道は、山へ向かう道だけにあっと言う間に寂れたが、海沿いの道は、それよりはずっとよく整備されており、人の往来も盛んなようだ。

「そういえば、海沿いの道っていっても、今は海、全然見えないな。道、合ってます?」

「それはそうだ。すべての道を海岸沿いに造ると、高波が来たとき、逃れるすべがなかろう」

「ああ、なるほど。それでところどころ内陸のほうに、わざとカーブさせてるんだ」

「そういうことだ。先人たちの知恵だな」

「僕たちも、今回の嵐で得た経験、記録としてちゃんと残さないといけませんね」

「うむ。そこはフランシス様もロデリック様も、ぬかりなくおやりになるだろうよ」

そう言ったクリストファーは、無骨な顔をほころばせた。

「アスマ、見えてきたぞ」

「えっ？」

クリストファーが指さすほうに首を巡らせた遊馬は、眼鏡の奥のつぶらな目を輝かせた。

木立が切れたところから、なだらかにうねる街道の遥《はる》か先、そしてそれを挟むように密集する家々と、ここに来て初めて見た見事な白砂の浜が姿を見せている。

マーキスの海はもともと美しい青だが、港と違って遠浅の海の色は、ひときわ鮮やかで、特に波打ち際のあたりはエメラルドグリーンがかって見える。

（やっぱり沖縄っぽい！）

唯一訪れたことがある南国の海を思い出し、遊馬は胸を高鳴らせた。

叶うなら、今すぐ水着に着替え、浜へ駆け出したい衝動にかられる。冷たくて綺麗《きれい》な海の水は、きっと涙が出るほど心地よいことだろう。

砂浜には、小さな木製の小舟が何艘《そう》か引き上げられている。おそらく、その小さなカヌーのような船で、漁に漕《こ》ぎ出すに違いない。

「あれが、ヨビルトン集落ですか？　綺麗なところだなあ」

クリストファーは、眩しそうに目を細めて頷《うなず》く。

「そうだ。当座の目的地が見えると、早々にくたびれ顔のお前でも、やる気がでるだろう」

からかわれて、遊馬は羞恥《しゅうち》に頰《ほお》を赤らめた。

「バレてました？」

「当たり前だ。師匠《ししょう》を舐めるなよ。とはいえ、馬に不慣れなお前が、連日の遠乗りだ。尻にこたえるだろうというのは理解できる」

「お尻だけじゃなく、腰にも来るんですよね、乗馬って。でも本当に、あんな綺麗な場所に行くんだと思うと、元気になってきました。城下町から日帰りで行ける距離ですから、集落の人に協力を得られたら、海水浴場としても観光の目玉にできるんじゃないかな！　クリスさんは、遊びで泳いだことはないって言ってましたけど、遠浅の海で遊ぶって、特に子供には楽しいことですから」

「また、観光地図の話か」

「旅に出てる間だって、観光地図用の情報は目いっぱい集めなきゃ！　ああ、でも、集落と海は目の前に見えてるのに、道がグネグネしてるから、まだ先は遠いですね」

「そうだな。さあ、進もう。今日のうちに、集落の長《おさ》に会っておきたい」

そう言うと、クリストファーは、さっき遊馬がしていたように、馬の太い首を軽く叩く。

それだけで、馬は「ほいきた」と言わんばかりに歩みを少し速めた。

遊馬はヴィクトリアが置いていった馬を借りているが、クリストファーは城で飼われているたくさんの馬の中でも、特に馴染《なじ》みの馬に乗っている。人馬一体を絵に描いたようなアクションに、遊馬はうらやましさを覚えつつ、自分の賢い馬の耳元で、「追いかけてください」と丁重に頼んだのだった。

四章　小さな世界のことわり

かつて元の世界にいた頃、遊馬《あすま》はどちらかといえば出不精《でぶしょう》なほうだった。

子供時代は引っ込み思案で人見知りだったので、なかなか友達が出来ず、また、母親が外国の出身ということで、保護者、特に母親たちに軽く警戒されていた気配もある。

今でこそ国際結婚はありふれたものだが、当時は学年に同じ家庭環境の子供がおらず、幼い遊馬は、クラスメートからちょっとした珍獣扱いを受けた。

口が重いことを、母親が日本語をあまり上手に喋《しゃべ》れないせいだと決めつけられたり、逆に、あまり顔立ちがエキゾチックでないことをからかわれたり、とにかく、遊馬にとって幼稚園や学校は決して居心地のいい場所ではなかったのだ。

だから、敢《あ》えて友達を作ろうなどと考えたことはなく、休み時間であろうと放課後であろうと、とにかくひとり静かに本を読んでいることが好きだった。好きというより、心の平安を保とうと思うと、そうするしかなかったのである。

おかげで、長じてもその内向的な性格はいっこうに変わらなかった。ただ、大学に進学するとき、医学部を選択したことで、遊馬が身を置く環境は、いささか変わった。

あまり世間的に大きな声では言いたくないが、医学部というのは、どうもなかなかにエキセントリックな人間が集《つど》う場所なのだ。

医療はチームプレーだし、在学中はクラスメートとそれなりに繋《つな》がりを持っていないと、定期試験の際、出題傾向の情報網《もう》から取り残されて大変な苦労をする。それなのに、人間関係を築くのが下手《へた》、あるいは苦手という人間が少なくない。

過剰《かじょう》に仕切りたがる者、孤独を愛する者、度を過ごした合理主義者、人間嫌い、ルールに厳格すぎる者、秩序を守るのが大の苦手な者……様々なくせ者が狭い講義室に集められ、「学年」という一つのコミュニティをギリギリのバランスで保っていた。

おかげで遊馬は、これまでにないほど、自分が「決してマイノリティではない」という安堵《あんど》感の中で、学生生活を送ることができた。

数は少ないし、何もかもを話せるというわけではないが、一緒に昼食を摂《と》ったり、講義を抜け出して遊びに行ったりするような友達もできた。実習で、他の学生と協力して実験や解剖《かいぼう》をしたり、初対面の患者とコミュニケーションを取ったりと、対人スキルも少しずつ鍛えられた。

（それでも……プライベートな時間を一緒に過ごすような友達は、結局、できなかったんだよな）

馬の背に揺られながら、遊馬はほんの二年前のことを思い出す。

大学で良好な関係を保っていても、「友人と休日に遊ぶ」というのがどんなものなのかは、とうとう知らずじまいだった。だからこそ、母親の故郷、マーキス島を訪ねたのもひとり、そこで古い法医学書を介して異世界に招かれてしまったときも、彼はひとりぼっちだった。

もし、あのとき、友人と一緒にいたら。

もし、誰かと一緒にこの世界に呼び込まれたとしたら、どうなっていただろう。

遊馬はふと、そんなことを考えた。

支え合って、心強く事態を切り抜けることができただろうか。究極の非常事態を共に経験し、何もかもを分かち合える、強い絆《きずな》を結んだ親友同士になれただろうか。

（あーいや。そういう風にはならなかっただろうな）

遊馬は力なく首を振った。

もし、マーキスのあの埃《ほこり》っぽい地面に投げ出されたあのとき、傍《かたわ》らに誰かがいたら、遊馬はきっと、その「誰か」に当たり前のように頼り、寄りかかってしまっただろう。

その結果、何もかもを「誰かのせい」にして、なすすべもなく命を落としていたかもしれない。いや、きっとそうなっていたに違いない。

ひとりぼっちだったからこそ、見知らぬ世界で、何一つわからないまま、命といういちばん大切なものを守るため、自ら考えて行動し、自分からその世界にいる人間と交流して、必死でもがくことを覚えた。

自分の決定がもたらす結果や影響に、みずから責任を取らなくてはならなくなった。

そんな過激すぎる試練のせいで、いや、おかげで、遊馬は、今の遊馬になれたのだ。

(こんな風に、ごく自然に他人と暮らしたり旅をしたりするなんて、二年前の僕なら考えられなかったもんな)

ぼんやりとそんなことを考えていた遊馬は、「見えてきたぞ」というクリストファーの弾んだ声に、ハッと我に返った。

少しずつオレンジ色がかってきた西日に目を細めつつ、クリストファーは前方の一点を片腕をまっすぐ伸ばして指さしている。

「何が……あっ」

訝《いぶか》しげに、彼の人差し指が指し示すほうに顔を向けた遊馬は、軽い驚きの声を上げた。

まるで日本のクラシックな温泉宿の入り口にあるような、しかし素材は木製のアーチが、街道の前方に設けられている。

「あれ、もしかして『ようこそ』的な表示ですか？」

「よそ者を歓迎するかどうかは、まだわからん。ただ、ヨビルトンは比較的大きな集落だ。旅人目当ての宿もあるだろう。まず、拒まれる心配は要らん」

「よ、よかった。僕、さすがにお尻がそろそろ限界です」

遊馬の情けない告白に、クリストファーは短い髭《ひげ》が生え始めた頰《ほお》を緩めた。

「いつまでもそんな風にやせっぽちだからだ。もっと尻に肉をつけろ」

「そんな器用な太り方、できませんよ」

「ならば丸ごと太れ」

「それじゃあ、僕の唯一の長所である『小回りが利《き》く』ってのが失われるじゃないですか！」

「む、それは困るな」

くだらないやりとりをするうちにも、馬たちは着々と歩みを進め、二人はついにアーチのある場所へたどり着いた。

なるほど、アーチのてっぺんには、大きな木製のプレートが取り付けられ、そこに「ヨビルトン」と古風な文字で大きく彫りこまれている。そこで道が二股《ふたまた》に分かれているので、訪問者が迷わないように立てられたものだろう。

「行こう。まずは、集落の長に挨拶《あいさつ》をしなくてはな」

「はいっ」

人見知りだった頃を思い出したせいか、見知らぬ土地で見知らぬ人々に会うのだと思った途端、遊馬は妙な緊張と不安に襲われる。

（こら、しっかりしろ、僕。こんなの、今さらだろ。もっと怖い目にも、酷《ひど》い目にも、山ほど遭《あ》ってきたんだから！）

自分を叱咤《しった》して、遊馬は片手で自分の頬をペンと叩いた。

ある意味、今回は緊張する余裕があるだけマシなのだと考えると、多少は腹が据わってくる。

街道を離れ、緩やかに坂を下っていく、いささか幅が狭い分かれ道へと馬を進めると、やがてもっさりと枝を茂らせた木立が切れ、小さな入江と、集落の家々の屋根が見えてきた。

波打ち際は柔らかなカーブを描き、入江であるがゆえに、打ち寄せる波は穏やかだ。浜の砂は象牙《ぞうげ》色で、ところどころに打ち上げられた海藻の黒々した色と、美しいコントラストを成している。

「リゾート！　これ、マジで南国リゾートだよ！」

あまりにも素朴《そぼく》で美しい風景に、遊馬は思わずそんな声を上げた。

他国からやってきた、それこそ海のない国の人々なら、この景色に歓声を上げない者はいまい。観光地図に描き入れられそうな場所をまた一つ発見して、これは幸先《さいさき》がいいと、遊馬の胸は弾んだ。

下り坂は、集落のメインストリートであると思われる海岸沿いの道へとつながっている。浜にしゃがみ込んで何かを採っているらしき人々が、見慣れない旅人の姿に、立ち上がって視線を送ってくる。その中にいた数人の子供たちが、無邪気に手を振りながら駆け寄ってきた。

「どこから来たの？」

「何か買いに来た？　売りに来た？」

「初めて見る人！　そっちは変な顔！」

最後のひと言は、遊馬に向けられている。顔立ち云々《うんぬん》ではなく、このあたりの人には馴《な》染《じ》みのない眼鏡《めがね》が、彼らにはいかにも奇妙に映るのだろう。

「変な顔って……」

いきなり貶《けな》されて、遊馬は膨《ふく》れっ面《つら》になったが、クリストファーは馬から下り、自分の半分くらいしか背丈のない子供たちに向かい、丁重に言った。

「俺たちは、マーキス城から来た」

「お城から？　お城の人？　王様？」

国王の姿を見たことがないばかりか、おそらくは城下町に足を踏み入れたこともないのであろう子供たちは、「城」という言葉だけでキラキラと目を輝かせる。

城下町の子供たちと違い、この集落の子供たちは皆、膝丈の短いズボンと、袖《そで》のない丈の短いシャツを着ている。いずれも、素材は麻だろう。

タンクトップとハーフパンツに近い装《よそお》いなので、粗末な服装ではあるが、遊馬にとってはむしろ懐かしく、なじみ深くも思える。

「王様じゃない。王様のお使いだ」

クリストファーは大きな身体《からだ》を丸めるように屈め、子供たちに平易な言葉で説明した。いつも、まだ幼い弟妹にはそんな風に接しているのだろう。自然な仕草と、無骨だが心根の優しさが滲《にじ》む笑顔に、子供たちは無邪気にはしゃいだ。

「王様のおつかい！　何を買ってこいって言われたの？」

「魚？　きれいな貝がら？　いっぱいあるよ！」

「いろいろあるよ！　見てってよ！」

商品を仕入れる行商人の相手に慣れているのだろう、まるで小さな「店主」のようにあれこれ売り込もうとする子供たちに、クリストファーは閉口して曖昧《あいまい》に頷《うなず》く。

そこへ、大人たちを代表して、ただひとりいた年配の男性が近づいてきた。軽く足を引きずっているので、おそらく漁などの力仕事ができず、女性や子供たちと浜での採取作業に携《たずさ》わっているのだろう。

「王様のお使いって言ったか、あんた？」

こちらには少なからぬ警戒の色を見せられ、クリストファーは真顔に戻り、背筋をピンと伸ばした。

「ああ。国王ロデリック陛下の命でまかり越した。集落の長に面会したい。案内を頼めるだろうか」

「そりゃ構わんが、王様が俺たちにわざわざ何のご用だ？」

「まず、長に伝える。それが筋だし礼儀《れいぎ》だろう」

クリストファーは四角四面に言葉を返す。男は、明らかに年下のクリストファーが自分に敬意を払わなかったことにいささか気を悪くした様子だったが、それでも「まあ、そりゃそうだな」と頷いた。

「わかった、案内してやろう。一緒に来な」

そう言うと、男は浜から道に上がり、片足を引きずりながらも軽快なリズムで歩き出した。

「ねえ、馬の世話は任せてよ」

「俺たち上手だよ！　馬に優しくするよ。水も飲ませるし、飼い葉もあげるよ」

いつも、やってきた行商人たちの馬を世話することで、小遣いを稼《かせ》いでいるに違いない。数人の子供たちが、馬の周囲に群がる。本当に、馬の扱いに慣れているらしく、二頭の馬は触れられても嫌がる様子を見せず、鼻先を子供たちの頭に次々と押し当てている。

「大事な王様の馬だぞ？　ちゃんとやれるか？」

「やるよ！　どうせ宿に泊まるんだろ？　宿の厩《うまや》に繋《つな》いでおいてあげる」

いちばん年かさの、おそらく十二、三歳くらいの少年が、薄い胸を叩いて請け合う。

「わかった。これでいいか？」

クリストファーは、何枚かの小銭を革袋から取り出し、少年に提示した。

「いいよ！　まかせな。そっちの兄ちゃんも」

少年は自信満々でそう言って、クリストファーの馬の手綱《たづな》を引き受けた。

その活発な姿を微笑《ほほえ》ましく思いつつ、遊馬も馬から下り、手綱を少年に手渡した。

「よろしくね」

「うん！　変な目の兄ちゃんも、商売、頑張りなよ」

「商売をしに来たわけじゃないんだけどなあ」

苦笑いしながら、遊馬も二人の男を追いかけて歩き出した。

集落の家々はどれも小さな平屋で、数軒ずつ、石積みの塀《へい》にぐるりと囲まれている。塀は遊馬の胸元までもあり、おそらくは海風をある程度よける作用があるのだろう。庭に日陰を作る効果もあるかもしれない。

家の壁は木と粘土で出来ているようだが、嵐のダメージはもはや感じられない。低めの屋根には重そうな素焼きの瓦《かわら》が載っていて、城下町と違い、瓦同士が漆喰《しっくい》でしっかりと塗り固められている。容易に剝《は》がれ落ちないようにする工夫《くふう》だろう。

「この集落の家は、嵐に強そうですね。あんまり被害に遭ってないみたいに見えます」

遊馬が背後から声をかけると、男はチラと振り返ると、事もなげに答えた。

「お城のお膝元にいる、あんたたち金持ち連中と違って、俺たちにゃ、でかくて立派な家は建てられねえからな。小さい家は、嵐だって見落としちまうんだろうよ。それに、最初からボロっちけりゃ、多少嵐を喰らっても、傷んだようには見えねえだろうしな。贅沢《ぜいたく》な家をブッ建てるから、嵐でいちいち壊れたの何だのって騒がなきゃいけねえんだよ」

男の声音《こわね》には、怒りとまでは呼べないが、彼らにとっては大都会である城下町への反感、いやむしろ軽い嘲《あざけ》りのようなものが感じられる。

「あ……す、すみません。僕、そういうつもりで言ったわけじゃなくて、被害が少なかったのなら、それに越したことはないなと……」

遊馬はギョッとして弁解しようとしたが、直情径行《ちょくじょうけいこう》なクリストファーは、遊馬に皆まで言わせず、ぶっきらぼうな口調で男に言った。

「別に、城下に住む者全員が金持ちというわけじゃない。この集落の家より粗末な家もたくさんある。確かに、壁や港に守られていることに慢心して、嵐への備えは甘かったかもしれんが、贅沢呼ばわりされる覚えはない……と言いたい人間は多かろうさ。俺と、こいつも含めてな。この前の嵐では、俺の実家も屋根が剝がれた。幼なじみに死んだ奴もいる。そういう物言いは好かんな」

その、おそらくは敢《あ》えてのいささか率直《そっちょく》すぎる物言いに、男は意外そうに落ちくぼんだ目を見張った。

「へえ。言うじゃねえか」

「相手が誰であろうと、言うべきことは言う」

クリストファーは、遊馬がハラハラするほど厳しい言葉を投げつける。怒りにまかせての行動ではないだろうとわかってはいても、彼の視線は相手を射貫《いぬ》くように鋭い。

男は鼻白んだ様子で、小さな目をわざとらしく細めてクリストファーを見た。

「おいおいあんた、本当に王様のお使いかい？　お使いってことは、役人なんだろ？　役人ってのは、みんな気取った、偉そうな喋《しゃべ》り方をする連中じゃないのかい？　嵐の後に様子を見に来た役人たちは、もっとお上品だったぞ」

クリストファーは、ムスッとした顔で、広い肩をそびやかした。

「柄《がら》が悪くてすまんな。確かにあんたたちにとっちゃ役人として一絡げにされるのかもしれんが、俺もこいつも、気取った喋り方なんぞには縁がない」

「へえ？　役人も色々なんだな」

「あんたたちの集落にも、色んな人間がいるだろう。同じことだ」

「……そんなもんかねえ」

クリストファーの不機嫌顔の迫力に気圧《けお》されたのか、口の中でなおもモゴモゴ何か言いつつも、男は議論を打ち切り、家々の間を縫《ぬ》うように走る、細くて緩い上り坂をゆっくり歩いていった。

遊馬はきょろきょろと、道の両側にそびえ立つ塀の向こうに見える、家々の様子を眺めた。

塀に囲まれたそう広くない庭には、あちこちに大人の背丈より少し高いくらいの木が茂っていた。手のひらのような形の大きな葉の陰には、何やら丸くて大きな実がたくさん実っている。きっと、食べられるに違いない。

その他、どこの庭にも、たくさんの木材が置かれているのに、遊馬は目を留めた。長さ、太さ、木の種類はバラバラで、それが何故か積み重ねることなく一本ずつ、庭じゅうに散らばっている。

(何だろうな、あれ。動物よけか何かだろうか。それにしたって、歩きにくそうだけど)

前を行く男に訊ねてみたいと思ったが、先刻のクリストファーとの険のあるやりとりを思い出すと、どうも気軽に声をかける気にはなれない。

(あとで、機会を見て子供たちに訊いてみよう)

遊馬はそう考え、家の中に視線を向けた。

大きく張り出した屋根の下には、遊馬には懐かしく感じられる板張りの縁側があって、女性たちがそこで作業をしているのが見えた。

どうやら、ざるに並べて干していた魚を取り込んだり、漁に使った網《あみ》を手入れしたりしているらしい。

楽しそうに喋りながら仕事をしている女性たちは、城下町の女性たちより薄着で、スカートの丈もふくらはぎが見えるほど短い。海の水に濡れるので、長いスカートなど穿《は》いてはいられないのだろう。

見るからによそ者のクリストファーと遊馬の姿を見ても動じる様子はなく、むしろ好奇の眼差《まなざ》しを向けてくる。中には、こちらに向かって手を振る者もいた。

「男たちの姿が見えないな」

前を行くクリストファーが、案内役の男に声を掛けた。男は、事もなげに答える。

「漁は朝と夜だ。昼は寝ている」

「漁というと、浜に引き上げてあった、あの小舟を使うんだろう？　夜も舟を出すのか？」

「出す奴もいるさ。まだ投網や銛《もり》が下手《へた》クソな若いもんは特にな。船の上で松明《たいまつ》を焚いて、光に集まる魚を掬《すく》うんだ。それなら腕は要らん」

「なるほど。確かに、技を会得《えとく》するには、時間がかかるからな」

合点《がてん》がいった様子で頷くクリストファーに、男は怪訝《けげん》そうに問いかけた。

「いかにも、何ぞ技を持っていそうな言い草だな、あんた。役人の技ってなあ、どんなもんだ？」

クリストファーは、いささか照れ臭《くさ》そうに答える。

「役人としては、これといった技を持たんよ。ただ俺の本業は、鷹匠《たかじょう》なんでな。そっちには多少、腕に覚えがある」

「ははあ、鷹匠かい。そりゃいい。道理でただの役人とは雰囲気《ふんいき》が違うと思ったんだ」

そんなやり取りをするうちに、三人は集落のいちばん奥まった、少し高台にある一軒の家の前にやってきた。

他の家と大きさはさほど変わらないが、こちらは一軒だけ、広めの庭を取って石垣《いしがき》に囲まれ、

「ああ、そこが長の家だ。ちっと話を繋《つな》いでやるから、待ってな」

クリストファーの率直な態度がかえって好印象だったらしく、男は最初より幾分親しみのある口調でそう言うと、家の中へ入っていく。二人は、大きな二枚貝の貝殻《かいがら》がてっぺんに飾られた石造りの門の前で、しばらく待った。

やがて出てきた男は、そこで初めてクッキリしたシワの刻まれた顔をほころばせ、家の中を指さした。

「長は喜んで会うってよ。中へ入んな」

「仲介の労、感謝する」

クリストファーが慇懃《いんぎん》に頭を下げると、男は「いいってことよ」とクリストファーの太い二の腕を叩き、そのまま浜へは戻らず、長の家の庭のほうへと回っていく。

自分もペコリと頭を下げてからその後ろ姿を見送り、遊馬は笑顔でクリストファーを見

た。

「道は違えど、匠《たくみ》同士の連帯感ですかね？」

「俺は匠と呼ばれるほどのもんじゃないが、通じ合えるものがあってよかった」

「ホントですよね」

囁《ささや》き交わしつつ二人が家の中に入ると、使用人だろうか、質素だが清潔な衣服を身につけた、十五、六歳の少女が待ち受けていて、言葉はないが、視線と手の動きで、二人を奥へと誘った。

驚くことに、ここでは家に上がるとき、靴《くつ》を脱ぐことを要求された。

日本人の遊馬にとってはむしろ嬉しいサプライズだが、クリストファーは困惑しきりで、それでも「郷に入っては郷に従う」の心境なのか、ごついブーツを脱ぎ、板の間に靴下履きで上がった。

遊馬は、少し迷いながらも、思いきって靴下まで脱ぎ捨ててしまう。

少女のざっくりした織りの麻の服はノースリーブのワンピースで、いかにも涼やかだ。

広がった裾から覗《のぞ》く両脚はスラリとしていて、裸足《はだし》の踵《かかと》が少し荒れているのも、不思議と自然な感じがして好感が持てる。

（ああ、僕もあんな格好がしたいな。城下町の服、夏なのに着込みすぎなんだよ）

今すぐマントもチュニックも脱ぎ捨てたい気持ちで、遊馬は羨《うらや》ましそうに少女の後ろ姿を眺めた。長い褐色《かっしょく》の髪をうなじで一つに結び、それをお下げに編んでざっくりしたループに整えてあるのが、清楚《せいそ》な佇《たたず》まいだ。

（ああ、この感じ！　久しぶり！　超気持ちいい！）

裸足で踏みしめる、滑らかな板の間の感触が心地よくて、遊馬は心の中で歓喜する。一方のクリストファーは、おっかなびっくりで歩みを進めている。

どうやら、縁側が家の壁際をぐるりと取り囲んでいるらしく、二人はその広い縁側を通って、長のいる部屋へ通された。

さすがに襖《ふすま》や障子《しょうじ》はないが、外の世界と家の中を仕切るのは木製の引き戸で、今は風を通すべく、戸は大きく開け放たれていた。

「おう、お客人。どうぞお入りあれ」

そんな快活な声が室内から飛んで来て、少女もニコッとはにかんだ笑みで、入室を促す。

「失礼する」

「お邪魔します！」

クリストファーに続いて、遊馬も部屋の中に踏み込んだ。

おそらく、この家でいちばん広い、立派な、居間兼執務室のようなものなのだろう。

四角い部屋の二面が縁側に面しており、夕方でも十分に明るさは担保されている。床は通路と同じく板張りで、艶《つや》こそないが、掃除《そうじ》が行き届いていて、遊馬の裸足の足の裏にも、決してゴミや砂粒は付いてこない。

室内には、おそらく家族や客人たちが座ってくつろげるよう、床に直接、ざくざくした織りの大きな四角いラグが敷いてある。

部屋の壁際は、ちょっとした舞台のように床が一段高くなっていて、そこに背もたれのない椅子《いす》を置き、大柄な男が少し窮屈《きゅうくつ》そうに腰を下ろしていた。

布地はいくぶん上等そうだが、シンプルさはさっき海岸で見た人々と同等で、そのせいで、男の体格のよさがよくわかる。おそらく、背格好はクリストファーと同じくらいだろう。

鼻の下から頰《ほお》、そして顎《あご》にかけてたくわえた髭《ひげ》は、食べるのに不自由しない程度に整えられ、露出した肌は、褐色に日焼けしている。目鼻立ちのクッキリした、意志の強そうな顔立ちは、若々しかった。

髭で威厳を増しているが、おそらく年齢は、三十歳そこそこだろう。

(他に人がいないから、この人が長か。マッチョだなあ。それに、思ったより若い)

遊馬は心の中で大いに驚いたが、極力顔には出さないようにして、俯き加減に部屋に入った。どういう態度を取ればいいのかよくわからなかったが、クリストファーが長の正面に立ち、軽く頭を下げたので、自分はもう少し深くお辞儀《じぎ》をしておく。

「俺がこのヨビルトン集落の長、ケイデンだ。あんたたちは、王様の使いって話だが、証拠はあんのか？」

「俺は国王補佐官のフォークナー、こちらは従者のアスマだ。我らが国王陛下の使者たる証拠は、こちらに」

クリストファーは、チュニックの内ポケットにしまい込んであった羊皮紙《ようひし》を取り出し、広げて、ケイデンと名乗った長に両手で差し出した。

座ったまま手を伸ばし、ぞんざいに片手でそれを受け取ったケイデンは、美しく仕上げられた紙面を一瞥《いちべつ》するなり、特に興味もなさそうに、つまらなそうな顔でクリストファーに返した。

「先だっての王様が決めたそうで、この集落にもちょいちょい城下から教師が巡回してきて、子供らに読み書きを教える。おかげで俺らはみんな、ちったぁ字が読めるんだぜ。そうは見えねえかもしれんが」

荒っぽい口調でそう言うと、ケイデンはニヤッと笑い、突っ立ったままのクリストファーの顔を見上げた。表情も言動も、一言で表現するなら「粗野」だが、それが自然な姿なのか、わざとそういうふうに振る舞っているのか、遊馬にはまだ判断がつかない。

「で、フォークナーさんよ。王様は俺たちに何の用だ？」

遊馬は、ギョッとした。

（そういえば！　いくら何でも、一国の王が、協会から追放された魔術師の言うことを真に受けて、国の南側を警戒しています……なんて言えないよな。クリスさん、どうするつもりなんだろ。旅支度でバタバタしてたから、すっかりそのへんが頭から抜け落ちてたよ）

実直で、嘘をつくのが上手ではない師匠を案じる遊馬をよそに、クリストファーは感情の読めないムスッとした顔のまま、堂々と声を上げた。

「国王陛下は、嵐の被害を受けた各集落の、復興の進捗《しんちょく》を案じておられる。そこで……」

「被害の調査なら、嵐の後に役人どもがもう来たぜ？　特に何をしてくれるわけでもなく、壊れた家の軒数やら、流された船の数やらを数えて、そそくさと帰っただけだ」

嘲《あざけ》るようなケイデンの口調に、クリストファーのこめかみに、うっすら青筋が立つ。だがクリストファーは、こみ上げる怒りをグッと抑えて、平静な声で言い返した。

「被害を調査した後、必要な援助はできる限りしたはずだ」

「ああ、まあ、気持ちばかりの資材やら食料やらが届けられたっけなあ」

「マーキスは小さな国だ。全土が被害を受けた今回、皆が満足できるだけの資材はすぐには整わん。だからこそ今回」

「だからこそ、今回……」

何故かクリストファーの言葉を呟くような声音《こわね》でオウム返しにしたケイデンは、何故か右手を軽く上げ、指を弾いて、パチンというハッキリした音を立てた。

その瞬間、縁側の下にでも隠れていたのか、あちこちから男たちが部屋に飛び込んできたと思うと、開け放たれていた背後と側面の引き戸が、ピシャンと閉ざされる。

「えっ？」

啞然《あぜん》とする遊馬とは対照的に、たちまち薄暗くなった室内で、クリストファーは腰の短剣を引き抜き、身構えた。しかし、男たちに取り囲まれ、遊馬を完全に庇《かば》うことはできず、ギリッと歯嚙《はが》みをする。

男たちは、八人いた。

海で働く男たちらしく、年齢や身長は様々だが、皆、筋骨隆々としている。二人のよそ者を見る彼らの顔には、疑いと警戒の色があった。手にはそれぞれ、漁で使うのだろう、手作りの柄がついた大ぶりのナイフを持っている。

すぐに襲いかかる様子はないし、身構え方は見るだに素人臭《しろうとくさ》い。魚ならともかく、人間相手に刃物で戦うことに不慣れなのは明らかだ。

それでも、多勢に無勢である。自分がアクションを起こせば、たちまち八人が襲いかかってくると察したクリストファーは、「わかった」と掠れた声で言い、短剣をゆっくりと鞘《さや》に収め、害意がないことを示すべく、両手を軽く上げた。

遊馬も慌ててそれに倣《なら》う。

だが、男たちのほうは、武器をおさめる様子はない。嫌な緊迫感が、室内に満ちた。

「……あんたは」

自分たちを取り囲む男たちの中に、さっき、ここまで道案内してくれた年かさの男性がいるのに気づき、クリストファーは軽く目を見張った。

男のほうは、幾分気まずげに咳払《せきばら》いし、形ばかりナイフを二人に向けたまま、ケイデンに声を掛けた。

「長。こいつは鷹匠《たかじょう》らしいですよ。さっきちょいと話したところじゃ、前に来た役人どもとは違う感じがした。どっちかってえと、俺たちに近い」

「それはどうだかな。とはいえ、鷹匠ってなぁ面白い。なあ、ホントか？　国王補佐官様と、どっちがホントの仕事なんだよ？」

ケイデンは本当に面白がっているように、髭に覆《おお》われた分厚い唇を歪めるように笑い、ゆっくりと立ち上がった。

そして、勿体《もったい》ぶった足取りで両手を上げたままのクリストファーの前に来ると、腰の短剣をスラリと抜き払った。

「おい」

クリストファーは低く咎《とが》めたが、ケイデンは構わず、片手で軽やかに短剣を翻《ひるがえ》し、鋭い切っ先を遊馬の喉元《のどもと》に当てた。

「ヒッ」

不意打ちを食らい、遊馬は全身を棒きれのように強張《こわば》らせる。

鋭い視線で促され、クリストファーはいかにも渋々といった様子で口を開いた。

「俺が鷹匠というのは本当だ。親父《おやじ》から、その職を引き継いだ。国王陛下の鷹を預かり、世話をし、調教するのが仕事だ。だが、同時に陛下の補佐官も務めている」

「なんでそんなことになってんだ？　鷹匠ってなぁ、お貴族様がやる仕事か？」

「まさか。俺は平民だ。生まれたときから、今までずっとな。ただ、先の国王陛下に、現国王陛下の学友として取り立てていただいた」

「はっ、ご学友と来た。そりゃ、何する役目だ？」

「畏《おそ》れ多いことだが、今の陛下と机を並べ、毎日、色々な講義を受けた。そのご恩を少しなりとお返しすべく、今、鷹匠の仕事と並行して、国王補佐官を務めているんだ」

「はーん。そりゃ上手《うま》くやったな」

ケイデンの、やはりどこか嘲《あざけ》るような調子に、クリストファーはますます険しい顔つきになる。

「何をだ」

「だってそうだろ。前の国王に上手いこと取り入って、学を付けてもらった上に、国王補佐官なんてご大層なところにまで上りつめたとは、あんた、見かけによらずやり手だな。いっちょ、集落のガキどもに御託を並べてもらおうか。勉強すりゃあ、あんたみたいに成り上がれるってな。そうすりゃ発破《はっぱ》がかかって、この集落からも、次の国王補佐官様が出るかもしれねえ」

ケイデンの軽口に、男たちはどっと笑う。

「クリスさん、お願いですから落ちついて」

決して気が長くないクリストファーが、こんなあからさまな侮辱《ぶじょく》に耐えられるはずがない。遊馬は、喉を傷つけない程度にチクチク刺してくる短剣に怯《おび》えながらも、震える声でクリストファーを宥《なだ》めようとした。

だが、クリストファーは、我知らず詰めていた息をゆっくりと吐き出し、ケイデンを真っ直ぐ見据えた。

「それは違う」

「あん？」

「学があればできるのは、成り上がることじゃない」

きっぱり言い放つクリストファーに、ケイデンは訝《いぶか》しげに、ザンバラ髪の下の鋭い目を瞬く。

「何だって？」

クリストファーは、怒りを腹の底にグッと押し下げるような動きをしてから、静かにこう告げた。

「学があれば、見える世界が広がる。自分のやりたいこと、自分のできることがわかるようになる。自分にとって何がいちばん大事で、何がいちばんいいことなのか、見えるようになる」

「………」

「そういうことでよければ、集落の子供たちには喜んで話そう。先王陛下は、すべての子供たちが読み書きができ、みずから望む知識を得ることができる国を望んでおられた。俺がそれを体現しているというなら、喜んで今の俺を見せよう。……まあその前に、なぜお前たちが、こんな手荒な真似《まね》をしているのか、訊かねばなるまいが」

そこで言葉を切り、クリストファーは、真っ青な顔で固まっている遊馬に、口角だけで小さく笑いかけた。

「とにかく、俺の弟子をあまり怯《おび》えさせせんでくれ。短剣なら、俺に向けるがいい。お前たちの望みが何であれ、相手にすべきは俺だ」

そう言って、クリストファーは落ち着き払った表情で、男たちをぐるりと睨《ね》めつけた。そして最後に、ケイデンの野性味溢《あふ》れる顔に視線をひたと据える。

それまでクリストファーたちをいたぶるような言動を見せていたケイデンは、少し気圧《けお》されたように唇を引き結んだ。だが、短剣の切っ先は、相変わらず遊馬のほっそりした首筋に当てられたままだ。

「いや、あんたを殺すにゃいささか骨が折れそうだが、こっちのガキなら三秒で十分だ。刃物は、確実に殺せるほうに向けとく」

「……好きにしろ」

「好きにしろって、そんなあっさり。酷《ひど》いですよ！」

拍子抜けして、つい抗議の声を上げた瞬間、遊馬は、それまで感じていた恐怖がフッと薄らぐのを感じた。

特に何一つ事態は好転していないし、何故こうなっているかも理解できていない。命の危機も感じ続けているが、クリストファーが平常心でいる限り、どうにか事態を打開できるに違いないという確かな信頼感がある。

それに、もっと深刻な事態を、二人は幾度も共にくぐり抜けてきたのだ。これしきのことで震え上がる道理はない。

危機的な状況になると、何故か父親譲《ゆず》りのふてぶてしさのＤＮＡが活性化してしまう。それがどうにも可笑《おか》しくて、遊馬はうっかりクスリと笑ってしまった。

それがますますケイデンを混乱させたらしい。

「なんだお前ら。何なんだ、いったい」

微妙に上擦った声でそう言い、ケイデンは遊馬の首筋により強く短剣の切っ先を押し当てる。

「あいたっ」

微《かす》かに皮膚《ひふ》が切れたのだろう。ピリッとした痛みの後、皮膚の上を温かなものが流れるのを感じ、遊馬は顔をしかめた。

「何なんだは、こっちの台詞《せりふ》だ。何故、こんな真似をする？」

「お前らが、本当の目的を言わんからだ」

ケイデンの憤《いきどお》りを滲《にじ》ませた声に、クリストファーと遊馬は顔を見合わせた。

よもやケイデンが、二人の本当の訪問目的を予想しうるはずはない。だが、この集落には何か、二人に……いや、ひいては国王ロデリックに、知られてはまずいことがあるらしい。

遊馬には視線で黙っていろと命じて、クリストファーはケイデンに向き直った。

「俺たちの目的に、本当も嘘もない。今回、俺たちが受けている命令は、島の南岸沿いの集落を回り、復興の状態を見極めることだ」

「嘘をつけ！」

声を上げたのは、ケイデンではなく、さっき案内してくれた男だった。男は遊馬を指さし、ツケツケと言った。

「俺ぁ見てたぜ。このガキが、へんてこなガラス越しに、集落の庭をジロジロ眺め回してたのをな」

遊馬は驚いて、首を横に振れない代わりに、両手を振った。

「違いますよ。僕が見てたのは、ただ物珍しくて……」

「ごまかしてんじゃねえ。庭に材木が干してあるのをマジマジと見てただろうが！」

思わぬ指摘に、遊馬はキョトンとして正直に認める。

「それは……はい、確かに滅茶苦茶《めちゃくちゃ》見てましたね」

「アスマ？　何のことだ？」

驚くクリストファーに、遊馬は正直に答える。

「クリスさんは、この人とお喋《しゃべ》りしてたから気付かなかったかもしれませんけど、塀《へい》の内側……庭のいたるところに、木材が転がってたんです。そうか、あれ、干してあったんだ。木の種類も太さも長さもみんなバラバラだから、いったい何だろうって不思議で」

「……む？　どういうことだ？」

「さっぱりわかんないです。まるで、どこかから廃材を拾い集めてきたみたいな……あ」

自分で発した言葉に、遊馬はハッとする。

しばらく難しい顔をしていたクリストファーも、何かに気付いた様子でケイデンを見た。

「もしや、アスマが見た木材というのは……」

ケイデンは、太い腕を組み、クリストファーを睨《にら》みつけた。

「おいおい。しらばっくれるなよ。あれが浜に流れついたもんだってことくらい、調べはついてんだろ？」

「流れついた物……そうか、この集落の浜には、潮の流れの影響で、嵐で海へ流されたものが漂着するんだな？」

ケイデンは頷《うなず》く。クリストファーの瞳に、鋭い光が戻ってきた。

「わかったぞ。ここしばらく、城が統括《とうかつ》して管理してるはずの木材とは違う、ヤミの木材が出回っているという報告を何件か受けていた」

「えっ？　ヤミ木材ですか？」

驚く遊馬に、クリストファーは重々しく頷いた。

「そうだ。そうした足元を見るような商売ができないように、山から切り出す木材も、異国から買い付ける木材も、すべて城でいったん買い受けることになっていたのに、いったいどうやってヤミの木材を手に入れているのかと思いきや……そういうことか。流れ着いた木材を乾かして売ることで、お前たちは利益を得ていたんだな」

「なるほど。もともと家のパーツだったわけですから、そりゃ使いやすいですよね。庭に転がっていた材木の、サイズや品質がバラバラだったのも納得です」

二人の会話に、集落の男たちはいっせいに戸惑い顔になった。長のケイデンも、ようやく短剣を下ろし、呆《あき》れ顔で二人の顔を交互に見た。

「何だ、あんたたち、俺らのヤミ商売を咎《とが》めたり、また新しく税をかけたりするつもりで、探りを入れに来たんじゃねえのかよ」

「探りを入れるなら、王の使いなどと堂々と言うものか。まったく、そんなくだらんことで、俺たちに刃を向けたのか」

　クリストファーは、呆れ顔で男たちを見回す。

「おい、長。とんだヤブヘビだったんじゃねえか？」

「むしろ、やべえぞ。こいつらに俺たちが教えちまった」

　口々に喋り出した男たちを、ケイデンは片手を上げて黙らせ、短剣を構え直した。さすが長というべきか、他の男たちに比べれば、剣の扱いはさまになっている。

「くそっ、やっぱりこいつら、ここで殺《や》っておくか」

「いや、待て。そう簡単に人を殺そうとするな」

　クリストファーは、子供を窘《たしな》めるような口調でそう言うと、さっき案内してきた男を見て言った。

「いいから、引き戸を開けてくれ。明るい場所で、落ちついて話そう」

「おい、長は俺だぞ。集落のもんに、勝手に指示を出すな！」

「じゃあ、お前から言ってくれ。知ってしまったことは見なかったふりはできんが、事情はわかった。この愚鈍《ぐどん》なやり口を見るだに、お前たちが悪辣《あくらつ》でないことも狡猾《こうかつ》でないこともよくわかった。悪いようにはせん」

「……本当か？」

「ああ。俺の鷹《たか》にかけて誓う。俺とこいつをここで殺すのが、いちばん話がややこしくなることだけは保証しよう。それよりは遥《はる》かにましな提案ができる」

クリストファーの実直そのものの態度に、ケイデンは叱《しか》られてふて腐れた子供のような態度で食い下がった。

「な……なら、聞くだけはタダだ。とりあえず聞いてやってもいい。だが、この短剣は預かっとくぜ」

「好きにしろ。少なくとも現時点では、お前たちに向けるために帯びてきたものではない」

あっけらかんと承知するクリストファーに、おおむね同年代のはずのケイデンは、まるでティーンエイジャーのような膨《ふく》れっ面《つら》で「わかった」としぶしぶ頷き、落ち着かない様子で立つ男たちに「おい、引き戸を開けろ」と、無闇な大声で命じたのだった……。

「確かに庭が材木だらけだ。すべて浜に流れ着いたものか。よく拾い集めたものだ」

長の家を出て、実際に家々の庭に転がる材木をその目で確かめたクリストファーは、感心した様子でそう言った。

夕日を浴びて、家々も、海も、砂浜も、オレンジ色に染まっている。命拾いしたせいもあって、素朴《そぼく》な日没の光景が、遊馬の目にはひときわ美しく映った。

真っ赤なオレンジのような太陽が、徐々にへしゃげたような形になって、水平線にゆっくりと近づいていく。だが、そんな魅力的な風景を満喫《まんきつ》する余裕は、まだ二人にはない。

他の男たちを解散させ、ひとりで短剣片手に家を出てきたケイデンは、サンダル履《ば》きでクリストファーと並んで歩きつつ、相変わらず警戒の滲んだ声で言った。

「おい。それで、どうなんだ。まさか、法外な税を、材木を売った金からぶん取るつもりじゃねえだろうな?」

するとクリストファーは、平然と言い放った。

「ヤミ木材を流通させる限りは、そうなるな」

「おい! あんた、さっき、悪いようにはしねえって言っただろうが! ぶっ殺すぞ!」

「だから、ヤミ木材を流通させる限りは、と言った。それをやめればいいだけだ。いちいち殺意をひけらかすな」

「どういうことだよ?」

「その前に、聞いておきたい。何故、ヤミ材木の商売をしていた?」

クリストファーの質問に、ケイデンは苛《いら》ついたまま、咳《せ》き込むように答えた。

「決まってんだろ。金だ。金が要る」

「何にそんなに金が要る?」

「ガキどものためだ」

ケイデンは即答した。二人の後ろに付き従う遊馬は、思わず背後から質問を口にしてしまう。

「子供たちのためって、具体的には?」

「おい、ガキが大人の話に割り込んでくるんじゃねえよ」

ケイデンは振り返り、煩《わずら》わしそうに遊馬を睨む。クリストファーは、苦笑いでとりなした。

「アスマは童顔だが、立派な大人だ。そして、俺も同じ疑問を持っている。子供たちのために、何をするつもりだ?」

するとケイデンは、厚い胸を張った。

「俺は去年、親父《おやじ》から長の立場を受け継いだ。こっからは、俺がこの集落を盛り立てにゃならん。ガキどものために、新しい、もっとでっかい船を造る金が要る。魚を上等な干物《ひもの》にするための作業場もほしい。高台の空き地を開墾《かいこん》するための、いい農具もほしい。他にもみんなで使うもの、色々だ。金なんて、いくらあっても足りねえだろ」

「ふむ。いい用途だ。そういうことなら、忠告しよう。ヤミで木材を売るのはやめて、城の買い付けを受けろ」

「ああん？　召し上げるんじゃなくて、買ってくれるってのか？」

「無論。流れ着いた木材を拾って再び売ることは、立派な商売だし、お前たちの当然の権利だ。ただ、ヤミで売られては、木材の価格を低めに安定させることが難しくなる。価格は担当の役人と交渉せねばなるまいが、こちらが相応の値段で買い取る。それについては、税は掛からん」

「ホントかよ。てめえの命を惜しんで、適当なことを言ってるんじゃねえだろうな」

「本当だ。俺が責任を持って、材木買い付け担当の者との間を繋《つな》ぐ。子供たちのために村を盛り立てたい、そのための金だというなら、陛下の御心にも背かん」

「なんだよ、王様ってなあ、そんなに心が広いもんかい？　俺ぁ、親父から、王様っては、隙《すき》あらば何にでも税をかけてくるがめつい奴だって聞いてたんだがな」

そんなあけすけな言い様に、クリストファーはムスッとした顔で答えた。

「税は必要なものだ。国王の私利私欲のためではなく、マーキスが異国と対等に渡り合い、国の安寧《あんねい》を保つため。そして、今回の嵐のように、予想外の災難が降りかかったとき、民を守るために必要な財となる。……つまり、税を納めるというのは、もしものときのための金、あるいは自分たちがよりよく生きるための金を、前払いして積み立てておくという意味なんだ」

「はあん。学のある奴ぁ、言うことが違うな。だが、そのわりに、今回の嵐の見舞いを、俺たちゃさほど貰えてないぜ？」

「……そこは、素直に詫《わ》びねばならんところだ。どうしても、貿易のことを考えれば、城下町、特に港の修理に全力を注がざるを得なかった。壁の外の集落のことが後手に回ったことは、陛下も十分にわかっておられる。だからこそ、こうして……」

「視察に回ってるってか。だが、俺たちの集落は、流れてきた材木で、壊れた家は十分に建て直せた。ほしいもんは、資材じゃねえ」

「もう聞いた。金だろう」

「それもある。だがもう一つ……」

「何だ？」

「あんたの言うことを聞いてると、学校もほしくなった」

ケイデンはそう言い、出会って初めて、にかっと開けっぴろげな笑みを浮かべてみせた。

「長……」

「ケイデンでいい。なるほど、学がありゃ、あんたみたいになれるかもしれねえんなら、教師がたまに巡回してくる程度じゃ足りねえ。学校を造ってもらって、ガキどもが毎日勉強できるようにしたいもんだ。なんなら、近くの集落のガキどもを集めてもいい」

前向きな言葉に、クリストファーも相好《そうごう》を崩す。

「それは、いいことだな。おそらく、陛下も宰相殿下もお喜びになるだろう」

「親父たちの世代は、ガキが学なんぞつけても、こまっしゃくれたことを言うばっかりで意味がねえ、かえって邪魔なだけだ、なんて言ってた。だが、読み書きができねえばっかりに、城下の連中に騙《だま》されて損したりしてたからな」

灯りを灯し始めた家々の中を眺めながら、ケイデンはしみじみと言った。

「だが、ちょっとばかり読み書きができるだけで、俺たちの世代から、取引がずいぶん強気にできるようになった。契約がどうとかで、適当に言いくるめられることも減った。だが、まだ足りねえ。なあおい。短剣は返してやるから、学校のこと、頼むぜ」

そう言って、恩着せがましく差し出された短剣を、クリストファーは苦笑いで受け取った。

「心得た。視察の旅から戻ったら、木材の件も学校の件も、しかるべき者に伝えるとしよう。ところで、他に何か変わったことはないか？」

さりげなく繰り出された、秘密の本題にまつわる問いかけに、ケイデンは、しばし思案して、首を横に振る。

「いや、別に。流れ着く木材やら家財道具やらを拾って、漁をして、少しばかりの畑を耕して。俺たちの毎日はそうやって終わる。何も変わったことはねえよ」

「そうか。それは何よりだ」

「どうだかな」

クリストファーの相づちに、たくましい肩を竦《すく》めてみせたケイデンは、坂の途中にある一軒の家の前で足を止めた。

「ここが宿だ。飯も酒も出る。……俺の客として、我が家に泊めてやってもいいんだが、まあ、せっかく視察とやらに来たんだ、存分に金を落としていけや」

そんなちゃっかりしたことを言いつつも、ケイデンは二人と共に宿に入り、主人に何やら話をつけてくれた。おそらく、十分にもてなしてやれとでも言ったのだろう。

さっきの荒事は忘れろとばかりに、クリストファーの背中をバンバンと叩いてケイデンが去った後、二人はすぐ、海が見える部屋へと案内された。

寝台が二つ、あとはテーブルと椅子《いす》があるだけのシンプルな調度《ちょうど》だが、広さはそこそこだし、とにかく清潔なのがいい。

宿の女将《おかみ》が持って来てくれた湯をタライに注ぎ、二人が顔や手足を洗い、シャツを脱いで身体《からだ》の汗を拭《ぬぐ》っている間に、テーブルの上には夕食が用意され、魚の脂《あぶら》を利用した灯りが点けられた。

さすが海辺の町、食卓に並んだのは魚料理ばかりだった。

遊馬にとって残念なのは、この国には魚を生食する習慣がないので、海辺の民宿で出るような舟盛り、つまり刺身は当然供《きよう》されない。

だが、魚や海老《えび》がたっぷり入ったスープや、大きな白身魚の塩焼きはどれも新鮮で、十分に満足できる、野趣溢《あふ》れる味わいだ。

二人は存分に食べながら、今日の成果を話し合った。

「とんだことでしたけど、丸く収まってよかったです」

遊馬のそんな言葉に、魚の塩焼きを手でむしりながら、クリストファーは苦笑いした。

「まあ、予想外の仕事は増えたが、この集落のためになることばかりだ。骨を折ることに躊躇《ためら》いはない。だが、ジャヴィードが言う、備えなくてはならない『南からの風』は、ここには吹いていないようだな」

遊馬も、クリストファーがむしってくれた魚の尻尾《しっぽ》側の身を礼を言って受け取り、手づかみで頰張《ほおば》った。醬油《しょうゆ》がないのが心底残念だが、それでも、日本の焼き魚と同じ味がする。炉端焼《ろばたや》きを思い出す、懐かしい味だ。

「ですね。どっちかっていうと、恵みの海流って感じだし。でもまあ、この集落の人たちのためには、何もないほうがいいですよ」

「ああ。今夜はゆっくり休んで、明日は朝飯を食ったらすぐ、次の集落へ移動しよう」

「はいっ。……あ、クリスさん。あれ、夜の漁に出る船ですよね」

遊馬は、窓の外を眺めてそう言った。

ガラス代わりのスダレを巻き上げているので、夜の海へ出て行く、小舟の松明《たいまつ》がよく見える。

残念ながら船そのものは暗すぎて見えないが、闇の中をユラユラと揺れながら遠ざかる松明は、とても神秘的だった。

（綺麗《きれい》だな。昔、お父さんが連れて行ってくれた、日本海の夜釣りの船も、あんな感じだった。夜通し、イカを釣ったっけ。だけど、集魚灯に寄ってくる虫が怖くて、釣りのことはあんまり覚えてないや）

子供時代のことをふと思い出していた遊馬は、クリストファーに名を呼ばれて、ハッと我に返った。

「は、はいっ？」

「首の怪我《けが》は大丈夫かと訊いたんだが。ぼんやりしてどうした？」

「ああいえ、子供の頃、父が夏休みだからと海に連れて来てくれたことを思い出してました。首は大丈夫ですよ、このくらい」

「……お前も、ずいぶんと図太くなったな」

ニヤリと笑って、クリストファーは満足げな伸びをした。

「ああ、無駄に疲れた。食ったら、さっさと寝てしまうとするか」

「そうしましょう。あんな目に遭《あ》うのは、ここだけであってほしいですね」

大丈夫と言ったものの、実はヒリヒリする首の刺し傷を指先で撫《な》で、遊馬は思わず、実感のこもった願いを口にした……。


遠くから風に乗って複数の人間の声が聞こえる。何やら叫び交わしているようだが、ケンカではないらしい。笑い声も交じっている。

「……んん」

もう少し眠っていたかったという抗議の呻《うめ》き声を漏《も》らしながらも、遊馬はゆっくりと目を開けた。手探りで、ベッドサイドのテーブルに置いてあった眼鏡《めがね》を取り、横たわったままでかける。

昨夜は、腹が苦しくなるまで魚料理を詰め込み、涼しい夜風をしばし楽しんでから、固いが清潔なベッドに潜り込んだ。

腰はやや痛むものの、ぐっすり眠れたので、疲労はずいぶん軽くなっている。

(でもやっぱり、もうちょっと寝ていたかったなあ。まだ薄暗いじゃないか)

薄目を開けて大あくびしながら、遊馬は心の中で不平を言った。

「地引き網《あみ》でも引いているんだろうよ」

隣のベッドから、嗄《か》れたクリストファーの声が聞こえた。やはり、鼓膜《こまく》をピシピシ打つような声に、起こされてしまったのだろう。

「おはようございます、クリスさん。漁村の人たちは、朝が早いですね」

「本当だな。二度寝したいところだが、ずいぶんと浜が賑《にぎ》わっているようだ。ロデリック様やフランシス様への土産話《みやげばなし》のネタに、ちと見にいくか」

「そうですね。本当に地引き網なら、一緒にやらせてくれるかもしれませんし」

「俺は、むしろ材木が流れ着いている現場を、この目で見たいものだ」

そこで二人は起き出し、浜へとゆったり坂を下っていった。

やはり、声は浜から聞こえていたもののようだ。

白い砂浜には十人ほどの人々が出ていた。浜には、なるほど、嵐が過ぎてかなり経つのに、まだ四、五本の材木や、何やら屋根の一部のような板きれが打ち上げられている。

だが人々はそうしたものに注意を払わず、何故か浅瀬に入って、沖のほうへ向かって何やら口元に手を当て、叫んでいる。

クリストファーと遊馬も、波打ち際まで来て、海を眺めた。

人々が騒いでいる理由は、すぐにわかった。

沖のほうから、このささやかな入江に、木製の小舟が流れ着いていたのである。

大きさは、二人乗りのカヌーくらい。大した大きさではないが、漂着物としては、なかなかの大物だ。皆が、新たな収入源が流れ着いたと喜ぶ声が、二人を起こしたらしい。

釣り用の小舟が、縄をかけて浅瀬まで引っ張ってきた一回り大きな漂着船を、大人と子供が五人がかりで腿《もも》まで海に浸かり、浜に押し上げてくる。

木肌のままで塗装《とそう》はされていない、素朴《そぼく》な、柳の葉のような形の小舟だ。

「よう、お二人さん。物見高いな」

背後から肩を叩かれて遊馬が振り返ると、そこにはケイデンが立っていた。まだ眠っていたらしく、目元は腫《は》れぼったく、髪は爆発したようにボサボサだ。

「声で目が覚めたんだ。この浜には、船まで流れ着くのか」

「いや、船は嵐以来、初めてだな。嵐で舫《もや》いが解けて流されたもんにしちゃ、時間が掛かりすぎだ。異国から流れ着いた奴かもしれん。ほら、舳先《へさき》の飾りが、俺たちの小舟とちょっと違うだろう。俺たちは舳先をピンと尖らせて、鳥の嘴《くちばし》みたいにするんだが、流れ着いた船の舳先は、丸く仕上げてある」

ケイデンの説明を聞いて、クリストファーは興味深そうに唸《うな》った。

「なるほど。見たところ、あまり傷んでいないようだが」

「さあ、どうだかな。水は漏れてねえようだが。まあ、金目のものが乗ってりゃ売り飛ばして、使えるようなら漁に使うさ。ダメなら、バラして焚《た》きつけにすりゃいい」

ケイデンはそう言いながら、砂浜に引き上げられた小舟のほうへ歩いていく。クリストファーと遊馬も、彼についていった。

集落の人々は、興味しんしんの眼差《まなざ》しで小舟を取り囲むが、やはり長《おさ》であるケイデンに遠慮《えんりょ》して、誰も船の積載物に手をつけようとはしない。

（何だろ）

遊馬は船の中を覗《のぞ》き込み、首を傾《かし》げた。

船の中には、細長い、灰色の麻布で包まれた棒状の何かが転がっていた。ケイデンが、髭に覆《おお》われた顎《あご》を尊大にしゃくる。

「お宝が何か、確かめてみろよ。でかいものが入ってるぜ」

「おう。ぼろい布だが、こういうのに限って、中身はいいもんと相場が決まってらあ」

「誰が何を見つけても、みんなで山分けだよぉ」

「なんか臭《にお》うな。肉か魚でも積んでんじゃねえか」

そんなことを言いながら、人々は小舟の両側から布に手を掛け、引っ張る。

まるで宝探しのような光景に、クリストファーと遊馬も、微苦笑を交わした。

だが、次の瞬間、喜色満面《きしょくまんめん》だった人々が、一生に驚きの声や悲鳴を上げ、砂浜に尻餅《しりもち》をついた。

「えっ?」

「どうした?」

二人は小舟に視線を戻し、同時に息を呑んだ。

灰色の布の中から現れたのは、下着一枚というあられもない姿、しかも手足を縄で縛《しば》られた、女の死体だったのである……。

五章　それぞれの矜持

「アスマ！」

クリストファーに名を呼ばれ、遊馬《あすま》はすぐに「はいっ」と返事をし、タオル代わりに使っている布切れで、鼻から口元を覆《おお》った。それから、改《あらた》めて死体に向き合う。

布に包まれているとはいえ、女の死体は、容赦《ようしゃ》なく照りつける強い陽射しのもと、少なくとも数日間は海上を漂っていたと思われる。

全体的に痩《や》せ形の死体の腹部は淡い緑色に変色しており、そこだけがパンパンに膨《ふく》らんでいた。凹《へこ》んでいるはずの臍《へそ》がわからなくなるほどの張りようだ。腸内で、腐敗ガスが大量に発生していると考えるのが妥当《だとう》だろう。

全身から放たれる腐臭も、遺体を厚く覆っていた布が取り除けられたせいで、相応に強い。

「子供たちを遠ざけて！　大人も、十分に距離を置いてください」

遊馬が言うまでもなく、小舟を取り囲んでいた人々は、蜘蛛《くも》の子を散らすように逃げだし、それでも大いに好奇心を刺激されているのか、遠巻きに見物を決め込んでいる。怖いもの見たさというのは、世界を問わず存在する心境であるらしい。

「おい、何をする気だ」

集落の長《おさ》としての矜持《きょうじ》か、ケイデンだけは退かず、クリストファーの傍《かたわ》らに立っている。顔の半分を覆う髭《ひげ》のおかげで、恐怖で引きつる表情を上手《うま》く隠している状態だ。

(なるほど、権力者が髭を生やすのは、相手を威嚇《いかく》するっていう古《いにしえ》の本能の結果だと思ってたけど、表情の変化を悟らせないためって理由もあるのかもなあ)

そんなどうでもいいことを考え、緊張を努めてほぐしながら、遊馬はケイデンに告げた。

「とりあえず、死体を検案させていただきますね」

「け……けんあ……？　あ？」

「検案。検《あらた》めることです。このままご遺体を放っておくわけにはいかないでしょう？」

「そ、そりゃまあ、ここに流れ着いたのも何かの縁だ、弔《とむら》いくらいはな」

「そのときに、ご本人の身元がわかるに越したことはないし、あと、死因も一応、突き止めておきたいですしね。葬《ほうむ》ってしまったあと、何か調べる必要ができたとしても、もう手遅れですから」

「お……おう。まあ、そう、だな？」

「はい。では」

遊馬は静かに深呼吸して、腰のポーチから革製の手袋を取り出した。

無論、現代日本の手術用手袋のような薄さと柔軟さはとても望めないが、それでも革職人に頼み、可能な限り薄いなめし革で、遊馬の手の大きさに合わせて作ってもらった、渾身《こんしん》の贅沢品《ぜいたくひん》である。

手の大きさにピッタリで、指の先がぷかぷか余らないようにしてもらったので、嵌《は》めるのは一苦労だが、その分、使い心地はとてもいい。

「まずは、外表所見を視《み》ます」

ケイデンのために簡潔に説明しながら、遊馬は船縁《ふなべり》から一歩下がり、まずは死体に向かって一礼した。元の世界で司法解剖《かいぼう》を見学させてもらったとき、医師たちがいつもしていたことだ。死者への敬意を示すその行為を、遊馬はこちらの世界に来てからも欠かさずにいる。

あまり、生前の栄養状態がよくなかったのだろう。女性は小柄で、肉付きがとても薄い。

僅《わず》かに残っている腐敗を免れた皮膚は白いが、全身の大半は赤黒く、一部は淡いブルーから緑色に変色している。布に擦れた部分は表皮がめくれ、ぬらぬらした真皮が露出していた。

「いつ見ても、慣れるもんじゃないな。だが、手伝うことがあったら言ってくれ」

すぐ背後から、クリストファーが声を掛けてきた。不快そうに歪めた顔が想像できるような、苦しげな声だ。ほぼ同時に、ケイデンがグロテスクな死体と腐臭にこらえきれず、嘔吐《えず》く音も聞こえてきた。

「無理しないで離れてくださいよ、ケイデンさん。クリスさんは、もう少し待っててください。ご遺体を船から降ろしていただく必要があると思うので」

「わかった。急がなくてもいいぞ」

「おい、ふざけんな。俺を追い払おうったって、そうはいかねえ。その死体の下に、お宝が眠ってるかもしれねえだろ。よそもんに横取りされてたまるかよ」

嘔吐《おうと》の合間に、ケイデンはそれでも虚勢を張る。

「縛った人の下に、わざわざお宝なんて置きますかねぇ」

喋《しやべ》りながらも、遊馬の視線は死体の頭部から足元に向かって、丁寧《ていねい》に観察を続けながら移動していく。

「うーん、顔面にも多少、腐敗ガスが発生しつつあります。瞼《まぶた》のあたり、ずいぶん腫《は》れぼったいでしょう？　生前は、あんな顔貌《がんぼう》じゃなかったと思いますよ。身長は僕より少し大柄くらい、痩《や》せ形で、年齢は乳房の形状や肌の張りから、おそらくまだ若かったでしょうね。二十代かそこら。栄養状態は悪く……」

「ずいぶん苦しんで死んだんだろうな、酷《ひで》ぇツラだ。夢に出てきそうだぜ」

ケイデンが絞《しぼ》り出すような声で言うとおり、女の膨れた顔には、激しい苦悶《くもん》の表情が浮かんでいる。

ムンクの名画のように大きく開かれた口からは、黒ずんだ舌先が突き出していて、乾燥してカチカチになった唇と共に、深い虚無を感じさせる。

「首筋……左右対称にゴツゴツした膨らみがあるな。辺縁が滑らかな、枝豆大くらいの楕《だ》円形《えんけい》の盛り上がり……しかも、首筋に沿って並んでる。これは、リンパ節の腫脹《しゅちょう》だな。風《か》邪《ぜ》でもこじらせたのか、どこか外傷からの炎症が……」

「おい、ガキ。お前何言ってるんだ？　さっぱりわかんねえぞ」

薄気味悪そうに一歩前に出ようとするケイデンの肩を片手で摑《つか》んで引き戻し、クリストファーは厳しい顔つきで囁《ささや》いた。

「ガキじゃない、俺の助手は、アスマという。あいつは、亡骸《なきがら》を検めさせたら天下一の目と腕を持っている。黙って見ていろ」

「マジかよ。鷹匠の弟子ってなぁ、そんな仕事もやんのか？」

「あいつは特別だ。医術の心得があるんだ」

どこか誇らしげにそう言って、クリストファーは眩《まぶ》しそうに遊馬の小さな背中を見守る。

早朝の風は涼しいが、陽射しは早くも強くなりつつある。遊馬はシャツの袖《そで》を肘までまくり上げ、ついでに二の腕部分で額の汗を拭いた。

(今日も暑くなりそう。早くしないと、腐敗がどんどん進んじゃうな)

そう思いながら、遊馬は死体の首筋のリンパ節腫脹に視線を戻した。大きさに多少の差こそあれ、リンパ節の腫れは、死体の鎖骨《さこつ》周囲にも及んでいるようだ。

リンパ節が複数箇所《かしょ》腫脹する病気は、ざっと思いつくだけでも結構ある。他の所見をできるだけ得て、解剖前に、ある程度候補を絞っておきたい。

遊馬は眼鏡《めがね》を掛け直し、さらに観察部位を下方へ移動させた。

「それにしても、これ、犯罪死体の香りがプンプンするなあ……。両手両足を縛られたのが、生前か死後かで、話がだいぶ変わってくるやつだ。いや、死後に死体を縛ったって仕方ないんだから、十中八九、生前だよね。……うん？」

ブツブツと推論を呟《つぶや》きながら、死体の下腹部の上あたりで、いかにも皮膚がチクチクしそうな荒縄を使って厳重に縛り上げられた手首を見た遊馬は、ギョッとした。

さっきまで暑さを感じていたはずなのに、背筋にいきなり氷塊《ひょうかい》を突っ込まれたような寒気が走る。

本能が、脳内で盛大に警報サイレンを鳴らし始めた。

「これ、は」

遊馬は半ば反射的に息を詰めた。

これまでさんざん酷《ひど》い状態の死体を視てきたにもかかわらず、彼がそれほどまでに衝撃を受けたのは、手首そのものではない。

無論、生前に縛られ、必死でもがいたことを裏付けるように、手首の皮膚は無残に擦り切れ、皮下の黄色い脂肪《しぼう》が覗《のぞ》いている。死の間際、この女性が想像もできないほどの苦痛を味わっていたと窺《うかが》える、実に凄惨《せいさん》な光景だ。

だがそれよりショッキングな所見が、その先にあった。

両手のほとんどの部分で、まるでペンキにどっぷり浸したように、皮膚が漆黒《しっこく》に変色しているのだ。

色が変わっているだけではなく、組織が乾燥して見るからに固くなっている。まるで、そこだけが高度にミイラ化したようだ。

（これ、僕、講義で何度か、写真を見たことがある……。実際に見るのは初めてだけど、間違いない。壊疽《えそ》だ）

講義室の大きなスクリーンに映し出された症例写真が、鮮烈に遊馬の脳裏《のうり》に甦《よみがえ》った。見れば、足首から先も、ほぼ同様の事態に陥《おちい》っている。

感染症や血管障害、神経障害など、原因は様々だが、組織が死んで、明らかな変色を来す事態を、壊疽と呼ぶ。現代医療では、血行再建術によって回復することもあるが、この世界においては、患部を切断するより他に生き延びる道はないだろう。

（とはいえ、壊疽を来す病変もいくつもあるし。……いや、待って）

遊馬の頭の中では、相変わらずけたたましい警報が鳴り響いている。

遊馬の意識が結論にたどり着くよりずっと先に、脳内の記憶領域が、これはまずい、とてもまずいと叫んでいるようだ。

「リンパ節の顕著《けんちょ》な腫脹……頸部の腫脹の一つは、破裂しているみたいだ。そこまでの腫れ……手足の壊疽、手足を縛られ、船に乗せられ、海へと流される……」

まるで、生きながら海に葬《ほうむ》られるような、あるいは陸地から追放されるような。

思考がそこまでたどり着いたとき、遊馬の脳裏に、まるで壊れた映写機のように、切れ切れの映像が瞬間的にいくつかよぎった。

症例写真。

地面に横たわった虚《うつ》ろな目の男女。

手足の壊疽。

腫れ上がったリンパ節。

虫の噛《か》み痕。

それらは皆、医学部の四年生の臨床講義で見た……。

「いや、違う。四年じゃない」

遊馬は激しく首を振った。

「おい。アスマ。どうした?」

心配そうに問いかけるクリストファーの声も、遊馬の鼓膜《こまく》には届かない。

「違う。思い出せ。いつだ? 何の講義だった?」

遊馬は自分のこめかみのあたりを手のひらで軽く叩きながら、細い記憶の糸を必死でたぐり寄せる。

「そうだ。四年生じゃない。三年生だ! 三年生の、公衆衛生の講義だよ」

ようやく鮮明になった記憶に、遊馬は思わず声を上げた。

(初回に、教授が公衆衛生の歴史について講義したとき、たくさん見せてくれたスライドの中にあったんだ。そうだ。あのとき教授は……)

やがて、ひとつの病名がハッキリと浮かんだとき、遊馬は後頭部を思いきり殴《なぐ》りつけられたような衝撃を受けた。

「ペスト……！」

十四世紀、ヨーロッパで大小の流行を繰り返し、総人口の三分の一から二分の一近くを死に至らしめたという、恐ろしい伝染病の名が、遊馬の口から放たれる。

そして、数ヶ月前の小さな記憶も、遊馬の胸に甦った。

（嵐のせいで、すっかり忘れてた。嵐が来る少し前、ロデリックさんとフランシスさんが言ってたじゃないか。大陸の周辺国で、疫病《えきびょう》が流行《はや》ってるって。ペストはまさに疫病だ。おそらくこの死体は、ペストが流行っている近隣国のどこかから流れてきたんだ）

遊馬は、クリストファーとケイデンのもとに戻ると、押し殺した声で告げた。

「落ちついて聞いてください。……この人、疫病患者です！　クリスさん、ジャヴィードさんが言ってた『南からの風』ってのは、きっとこれです。南からの風が押し流してきたのは……伝染病、疫病ですよ」

「何ッ⁉」

「ヒッ」

クリストファーは目を剝《む》き、ケイデンは長のプライドはどこへやら、動揺《どうよう》の余り、砂浜に尻餅《しりもち》をつき、そのまま後ずさりする。

クリストファーは、すぐさま鋭く遊馬を問い質《ただ》した。

「間違いはないのか？」

遊馬はクリストファーの顔を真っ直ぐに見上げ、真っ青な顔で小さく頷《うなず》いた。

「僕だって、実際に患者を見るのは初めてです。しかも死後だし、確定診断するための検査手段だってありません。だけど、所見に見覚えがあります。それに、疫病患者だと考えたら、この人がこんな目に遭わされた理由も、つじつまが合います」

「つじつま？」

遊馬は、手袋の中で、手のひらがじっとりと湿っていくのを感じながら、極力、冷静になろうと努めた。普段は豪胆《ごうたん》なクリストファーも、恐れと不安の表情を隠せないまま、それでも両脚を踏ん張っている。

「おそらく、異国の集落で、ペスト……疫病の感染者が出たんでしょう。そのまま放置していれば、確実に感染は集落じゅうに広がる。でも、自分たちの仲間を直接殺す度胸はない。だから……」

遊馬の仮説にじっと耳を傾けていたクリストファーは、慎重に言葉を選びながら、その続きを口にする。

「生きながら、その呪われた病に冒された身を、大いなる海に委《ゆだ》ねた、と？　だが、それは欺瞞《ぎまん》だ。見ろ。身ぐるみを剝《は》がされ、手足を縛られ、逃げるどころか、身じろぎすら許されん状態で、海に流されたということになるんだぞ。直接手を汚していないだけで、これは立派な人殺しだ」

憤然と言い放つクリストファーに、遊馬は小さく頷いた。

「それについては、百パーセント同意です。でも、問題はそこじゃない。この気の毒な女性は、死してなお、感染源です。この人が今、浜に流れ着いた以上、このままでは、ここヨビルトン集落を中心にして、マーキス全土に疫病が流行ります」

「……なんということだ」

クリストファーは唇を噛み、絶句した。

これまで様々なことを経験してきたクリストファーであっても、疫病の、故国への上陸の瞬間に立ち会ってしまうのは人生初だ。途方に暮れても不思議はない。

二人の会話で、とてつもない悲劇が自分の集落を襲いつつあることに気付いたのだろう。ケイデンは、ゆっくりと……まるでゾンビにでもなったかのようなぎこちない動きで、どうにか立ち上がった。

信じられないものを見るような顔で、ケイデンはゆっくりと死体のほうを見た。それから、ギシギシと音が聞こえそうなぎこちない動きで、遊馬とクリストファーに向き直る。

「おい……おい、お前ら、何を落ち着き払ってんだ。疫病だと？　冗談じゃねえ！　それじゃ、俺たちはもう終わりじゃねえか。疫病ってのは、逃げられないから疫病なんだろ？　学のない俺だって、祖父《じい》さんから昔、聞いたことがある。祖父さんは異国に出稼《でかせ》ぎに行って、疫病の患者を見たことがあるって言ってた。突然熱が出て、肌がボコボコ腫れて、手足の先から腐り始めて、弱って死んでいく」

「……僕が聞いたペストの症状と同じです」

遊馬の言葉に構わず、ケイデンは咳《せ》き込むように言葉を継いだ。

「ひとりがそうなると、すぐに家族がみんなそうなる。近所の奴等もみんなそうなる。集落の全員がそれで死ぬ。そして……それは」

「国じゅうに広がる」

「やっぱり、終わりじゃねえか！　いや、もっと慌てろよ！　何でお前ら……」

ケイデンは、おそらく長の職を継ぐ前はそうであったように、少年じみた取り乱し方をする。クリストファーは、そんなケイデンの口元に、大きな手のひらを当てた。

「落ち着け。取り乱したところで、何一つ解決せん。まだ集落の皆は、このことを知らん。大きな声を出すな。極力、彼らを動揺させない伝え方を考えにゃならんぞ」

クリストファーの視線は、こちらを遠くから見ている集落の人々に素早く向けられる。

さっきより、見物人の数は増えているようだ。五十人やそこいらはいるだろう。皆、好奇心にかられ、見世物《みせもの》でも見るような呑気《のんき》な顔で、こちらを指さしたり、何か囁《ささや》き合ったりしている。

「ど……どうすりゃいいんだ。もう、ダメなのか？　俺たちは、どうしてもみんな死ぬのかよ？　なあ。なあ」

ケイデンにわななく声で詰め寄られ、遊馬は片手を軽く上げた。

「ちょっと黙っててください。記憶を辿《たど》ります」

「ああ？」

「黙って。……ああ、どうしてここに医学書がないんだ。いやもう、専門書でなくていい、『イヤーノート』一冊あれば、ずいぶん僕は気が楽になるのに」

遊馬はイライラと髪を搔《か》きむしり、医師国家試験の受験勉強に特化した、有名な参考書の名を口にした。医学生が必要とする知識の概要《がいよう》を網羅《もうら》したくだんの本さえあれば、たとえ内容が「薄く広く」であったとしても、遊馬がこの世界で生きるのに、どれほど役立ったことだろう。

だが今、ないものねだりをしても仕方がない。あるもの……自分の脳をフル活用して、持てる知識を引っ張り出し、この先のことを考えるしかないのだ。

（どんなに頼りなくても、僕は、この世界の人よりはずっと進んだ医学知識を持っている。そして……）

まるで耳元で囁《ささや》かれているように、魔術師ジャヴィードの声が聞こえた気がした。

『この世界が許す限り、お前は自由に考え、振る舞え』

（そうだ。僕はもう、恐れない。今、僕はこの世界で生きている。だから、この世界の、大切な人たちを守るために、僕は、僕にできることを何だってやる。……世界が、僕の存在を許してくれる限り）

肺が空《から》っぽになりそうなくらい深い深呼吸を繰り返し、両手の拳をギュッと握って、遊馬は目を閉じた。

軽く俯《うつむ》いて、なすすべもなく浮き足立っていた心を臍《へそ》のあたりに押し下げるようなイメージを描いているうちに、少しずつ早鐘のように打っていた心臓が大人しくなり、それにつれて気持ちも落ちついてくる。心臓を「心」の内臓と名付けたのは誰だか知らないが、実に上手《うま》い命名だと遊馬は思った。心と心臓は、いつも見事なまでに連動している。

（よし。大丈夫。僕は思い出せる。そこそこ真面目《まじめ》に講義を聞いていた。試験だって、追試にかからず合格した。ちゃんと勉強したんだから、頭のどこかには入ってるはず）

かつて公衆衛生、そして感染症の講義で教わったペストについての知識を、遊馬は出来る限り、正確に思い出そうとした。

裏付けになるものが何もないのが不安だが、そこは過去の自分自身の勤勉さを信頼するしかない。

しばらくして目を開けた遊馬は、自分を凝視する二人の男に、静かに告げた。

「これが、僕が知るペストと同じか、よく似た菌がもたらす病気だとしたら、おそらくこの女性は腺《せん》ペストだったと思われます。縛られて船底に横たえられ、身動きも飲食もできなかったんです。布切れに覆《おお》われていたとしても、直射日光や熱であっという間に脱水症状を来したでしょう。全身状態は急激に増悪したと考えられます」

クリストファーは、困惑しきりで遊馬の話を遮《さえぎ》ろうとした。

「すまん、アスマ。お前が何を言っているのか、俺たちにはさっぱり」

「いいんです。僕自身が知識を整理したいだけなので、勝手に喋《しゃべ》らせてください。……そこへ、体内で繁殖《はんしょく》したペスト菌が産生する毒素が襲いかかる。おそらく、極めて短期間のうちに死に至ったはずだ。うん、腺ペストが肺ペストに移行する前に亡くなったことを、せめて期待したいな。ああ、切実に期待したい」

ケイデンは、何か空恐ろしいものを見るような顔を遊馬に向けた。

「何だ、その、肺なんとかってのは。アスマ、お前よう、いい加減に俺たちにわかるように喋ってくれねえか」

「……よし。定まった」

遊馬はこっくりと頷き、砂浜に落ちていた細い棒きれを拾った。そして、クリストファーとケイデンの前に、死体とおぼしき人型を小さく書いてみせた。

「小舟から見て、こちらは今、風上なので、ここでこのまま少し喋ります。集落の人たちに説明する前に、僕たちでまず情報を確認し、お二人に理解してほしいので」

クリストファーとケイデンは、顔を見合わせてから同時に頷いた。

遊馬は、まずはクリストファーに問いかけた。

「疫病は、何が原因か、何故感染……他人にうつるのか、知ってます？」

クリストファーは、曖昧に頷く。

「原因がわからんから疫病なんだろう。わかれば、どうにかできるはずだ。……うつる理由は……俺などにはわからんが、病人に触れたからだと親からは教えられた。触れたところから、病気が伝わるんだと。違うのか？」

遊馬は僅《わず》かに首を傾《かし》げた。

「ペストの原因は、ペスト菌……つまり、病気を引き起こす、小さな生き物だと思ってください。それは、目に見えないくらい小さいんです」

遊馬は棒きれで、死体の体内に、菌を表す小さな点を描きこむ。

「その小さな小さなペスト菌は、体内でどんどん増えて、毒を生み出します。その毒に身体を蝕《むしば》まれて、人は死んでしまうんです」

菌などという概念は、クリストファーたちにはない。しかし幸い、遊馬が極限まで単純化した説明を試みたおかげで、二人もどうにかついていけている様子だ。

ようやく持ち前の好奇心を多少刺激されたらしく、ケイデンは、地面に描かれた体内の点、つまりペスト菌を指さした。

「ってこたぁ、今、あの女の死体の中には、その……」

「ペスト菌」

「っていう目に見えねえ粒が、うじゃうじゃいるわけかよ?」

「そういうことです。それが他人の体内に入ると、また菌はそこで増え、毒を出してその人を殺します。その繰り返しで、疫病はたくさんの人を死に至らしめるんです」

「おっかねえな!」

「おっかないんですよ。さて、それがどうやって他人の体内に入るか、なんですけど」

遊馬は表情を引き締め、眼鏡《めがね》を押し上げた。

「最悪なシナリオは、彼女の症状が、死の直前、肺ペストに移行していた場合です。その場合、肺の中に菌が住み着くので、咳《せき》やクシャミ、嘔吐物《おうとぶつ》にその菌が大量に入っていて、飛沫《ひまつ》……つまり、口から外の世界に飛び散って、他の人の鼻や口から体内に入ります」

ケイデンは、髭《ひげ》に覆われた頬《ほお》を、激しく痙攣《けいれん》させた。よく日焼けしていても、顔からどんどん血の気が引いていくのがちゃんと見て取れる。

「待てよ。じゃあ、さっき布を剝《は》いだときに……」

「もし最悪のシナリオならば、そこいらじゅうにペスト菌が散らばったということになります。だけど、血痰《けったん》を吐いたり、嘔吐したりした形跡はありませんし、人生の最期に置かれた環境が過酷《かこく》過ぎて、そこまで病状が進む前に、衰弱して亡くなった……と思いたいですし、そう信じてもいいと思います。具体的な数字は忘れましたが、腺ペストから肺ペストへ移行する確率は、そう高くなかったはずですしね」

「つ、つまり？　お前、わからんことを言い過ぎだ。わかるように言え。それってなあ、どういうことなんだ？」

さかんに首を捻《ひね》るケイデンに、遊馬はできるだけ平易な言葉を選んで答えた。

「たいていのペスト患者は、腺ペストと呼ばれる状態です。体液に直接触れない限りは、感染の危険性はぐっと下がります。ただ……ペスト菌を、人間から人間へ運んでしまう生き物がいるんです」

「それは、何だ？」

クリストファーに問われ、遊馬はカリカリと砂浜にまた絵を描いた。

「まずはネズミ。そして、ノミ、シラミです。つまり、血を吸う虫ですね。疫病患者の血を吸った虫は、体内にペスト菌を取り込みます。そして、次の人の血を吸ったとき……わかりますよね？」

「ああ……っと、なんだ、つまり、疫病を起こす小さな粒を、次の人間の体内に注ぎ込むって寸法か？」

「そうです！」

ケイデンを力づけるように、遊馬は大きく頷《うなず》き、問いを重ねた。

「つまり、疫病を広めないようにするためには……」

ケイデンは太い指で、船の中に横たわる、哀れな女の死体を示した。

「あの女についてるノミやシラミを、殺す。俺たちに、近づけない！」

「それが正解です。ただし、ノミやシラミはとても小さい。さっき布をめくったときに、あるいは飛んでしまったかもしれない」

「なんてこった！　じゃあ、さっき船ん中に手を突っ込んで、布をめくった奴の中に、もう、女を刺したノミやシラミにやられた奴がいるかもしれねえのか？」

遊馬は痛ましげに、こちらを不思議そうに見ている人々のほうを見た。

「その可能性は、ゼロじゃありません。ノミやシラミが小舟の中、あの女の人の身体にくっついていたかもしれない。いなかったかもしれない」

「ああ……イライラするな」

ケイデンは、両手で癖《くせ》のある髪をワシャワシャと掻《か》きむしる。遊馬は、そんなケイデンの耳元で、諭《さと》すような口調で言った。

「とにかく、この場合は、ノミやシラミがいたと仮定しましょう。いなければ、なあんだで済む話ですから。……ケイデンさんには、この集落の長《おさ》として、疫病を広めないために、つらいことをいくつかしてもらわなきゃいけません。でもそれは、できるだけたくさんの人が、疫病に罹《かか》らずに済む方法です。疫病を治療する手立てはこの世界にはないので、予防が最大にして唯一の疫病対策になります」

遊馬があまりにも淡々と説明するので、ケイデンもつられて多少は落ち着きを取り戻したらしい。彼は片手で髭を撫《な》でつけ、「何をしろってんだ？」と遊馬に低い声で訊ねた。

遊馬は、乾いた喉《のど》に唾《つば》を流し込み、やはり静かに答えた。

「まずは、お城に使いをやって、この集落を外から封鎖してもらいます」

それを聞くなり、ケイデンは太い眉《まゆ》を思いきり上げ、たちまち憤慨《ふんがい》した。

「おい！　結局、俺たちの集落を見捨てるってことか！　俺たちだけがここでのたれ死んで、城下が助かりゃそれでいいって……」

「違いませんけど、違います」

「ああ⁉」

「人の出入りがあれば、予防が難しくなります。まずは、疫病になる可能性のある人……つまり僕たちですけど、全員を、一つ処に留まらせる必要があります。外から封鎖っては念のためで、外部からうっかり人が来るのを防いでもらうってだけのことです」

「む……確かに、そりゃ必要なことだろうが、俺たちはどうなる？」

「僕たちは……そうですね。ペストの潜伏期間は確か一週間ほどですから、多めにみて十日、ここに閉じこもるんです。何ごとも起こらなければ、僕たちは無罪放免。どうにか疫病を退けたってことになります。目指すゴールはそこです」

ケイデンは、なおも猜疑《さいぎ》の眼差《まなざ》しを遊馬とクリストファーに向ける。

「おい、あんたの弟子はそう言ってるが、本当に十日、何ごともなければ、俺たちゃ無罪放免なんだな？　村に火を放たれたり、一生ここに閉じこめられたりはしねえんだな？」

クリストファーは、きっぱりを請け合った。

「こと医術について、このアスマは国王陛下の信頼が篤《あつ》い。アスマの書簡で事情を知れば、正しく対処してくだされる」

「ホントかよ」

　遊馬も、きっぱりと言葉を添えた。

「今はとにかく、スピードが命です。つべこべ言わずに、やらなくちゃ。僕が手紙を書きますから、さっき見物に来ていなかった、まったく感染の危険性がない人を二人くらい選んで、お城に届けてもらいましょう。馬に乗るのが上手な人がいいです。早駆けしてもらわなきゃなりませんから」

　ケイデンはまだ完全には納得していない様子だったが、それでも「なら、ガキがいい」と言った。

「子供に行かせるんですか？」

　驚く遊馬に、ケイデンはさも当然といった様子で答えた。

「おう。ガキなら、酷《ひど》い目に遭わされる可能性は低いだろ？　ちゃんと城下町で面倒を見てもらえりゃ、最悪、俺たちが全滅するようなことがあっても、ガキだけは生き延びる。この集落の血は繋《つな》がれる」

　いかにも長らしい考えに、遊馬は感心して唸《うな》った。

「……なる、ほど。わかりました。人選はお任せします。あと、さっき小舟の近くにいた人たちは、みんな、隔離する必要があります。全員、服を着替えて、海の中で全身を洗ってもらいます。脱いだ服は、やはりすべて燃やしましょう。万が一、服にノミ、シラミがついていたら困りますから。勿体《もったい》なくても、命には替えられません」

ケイデンは、それも承諾《しょうだく》した。

「わかった」

「あのご遺体は、小舟ごと、即刻燃やします。あと、できるだけ度数の高いお酒で、家の中を綺麗《きれい》に拭いて掃除します。とにかく、これから十日間は、衛生が命です。清潔が最重要項目です。この集落から、ノミとシラミとネズミに消えてもらうことが、疫病よけの最高の方法です」

きっぱりと宣言してから、遊馬は、小さな声で呟《つぶや》いた。

「これが天然痘《てんねんとう》だったら、僕にできることは何もない。ただ、一緒に死ぬだけだ。インフルエンザだとしても、やっぱり流行を止めることは難しいだろう。コレラやチフスだって、たぶん厳しい。でも、昆虫やネズミが媒介《ばいかい》するペストなら。ペストなら、治療はできなくても、予防はできる。僕は、僕の持っている知識を使わなきゃ」

遊馬の言葉の意味はよくわからなくても、彼の決意の固さは十分過ぎるほど伝わったのだろう。ケイデンは、クリストファーに向かって、片手を差し出す。

「こうなりゃ、あんたたちも運命共同体だ。一緒に生き延びるか、一緒にのたれ死ぬか。このガキの……ああいや、アスマだっけか。アスマの策に乗るより、他にやれることはねえ。集落を守るためなら、俺は何だってやる。長だからな。あんたも、こんなとこで死にたかねえだろ。いっちょやろうぜ」

クリストファーも、ケイデンの分厚い手をしっかりと握った。

「わかった。これも何かの縁だ。最善を尽くそう」

「おう。じゃあ、まずは、小舟を燃やし、船の近くにいた連中に海で身を清めさせる。その間に、アスマはお城への手紙を書いて、ガキに持たせる。で、残った皆にさっきの話をしよう。この順番でいいな？」

ようやく長の矜持《きょうじ》を取り戻し、仕切り始めたケイデンに、クリストファーと遊馬は頷いてみせる。

「取りかかりましょう。一秒も無駄にはできません」

遊馬の一言を合図に、三人は、早速、行動を開始した……。

＊　　　＊

その夜、遅く。

思わぬ長逗留《ながとうりゅう》を余儀《よぎ》なくされることとなった宿の客室で、遊馬とクリストファーは、就寝準備をしていた。

「公衆衛生の教授が、公衆衛生は、国家試験のためだけじゃなくて、よりよく生きるための学問だって言ってたんですけど、ホントでした。まさか、こんなことでそれを痛感するなんて」

いったん剥《は》いだシーツの下に、ノミやシラミといった虫を遠ざける効果のある草を敷き詰めながら、遊馬はそんなことを言った。

昼間、集落の長老たちに教わりながら草むらで大量に摘《つ》み集めたその草の葉は、軽く揉《も》むだけで、山椒《さんしょう》に似た強い芳香を放つ。その匂《にお》いを、たいていの虫は嫌うのだそうだ。

「今日のお前は、俺にわからん言葉ばかり使うんだな」

自分のベッドにも同じことをしつつ、クリストファーは大きな口を引き延ばすような、独特の困り顔で笑った。

遊馬は慌てて謝る。

「ごめんなさい。学校の授業で、って意味です。公衆衛生っていうのは、みんなの健康とか衛生とか、そういう意味の言葉なんですけど」

「お前のいた場所では、学校でそんなことも教わるのか」

「まあ、僕が通った学校は、医学に特化してましたからね。そして、医学のキモって、結局は『予防』なんですよ」

「予防。病を防ぐということか？　今日、お前が俺たちに指示したようなことだな？」

丁寧《ていねい》に草を敷き詰め、シーツを元に戻して、クリストファーはそんな質問をして、シャツをバサリと脱ぎ捨てた。

「そうです。病気を防ぎ、怪我《けが》を防ぎ、環境汚染を防ぎ、病気の流行を防ぎ……できるだけ、悪いことが起こりにくい、安定した状態を作る。それが結局、健《すこ》やかさを末永く保つ、よりよく生きるコツなんですよね」

「ふむ。……つまり、病を治すことより、病に罹《かか》らなくするほうがより重要であると？」

「それです！　話が地味過ぎて、講義を受けていた頃は全然ピンとこなかったですけど、今、その重要性を身に滲《し》みて感じてます。こっちの世界には、僕たちが当たり前に使ってたような特効薬の類《たぐい》がまだ全然ないから、病気の治療が難しいんです。だからこそ、罹らないようにすることが、本当に重要なんだって」

「ふむ。病に罹らんに越したことはないというのは、確かに真理だな」

「はい。今日、疫病《えきびょう》を流行らせないように皆さんにやってくださいってお願いしたことは、全部、講義で習ったことでした。講義、もっと真面目《まじめ》に聴けばよかったなあ」

後悔する遊馬に、クリストファーは真顔で同意した。

「やはり、学びというのは、どんなことでも大切だな。思わぬ局面で役に立つ」

「ですよね。僕、法医学はともかく、公衆衛生については、あまりいい学生じゃなかったんです。退屈な話だと思ってたから。やっぱり人間、他人事《ひとごと》である限り、本当の意味での理解って、できないもんなんですねえ」

遊馬も、寝間着《ねまき》に着替える前に下穿《したば》き以外の服をすべて脱ぎ捨て、二人は互いの身体にノミの噛《か》み痕がないことを確かめてから、寝間着に着替えた。

首からは、ベッドに敷いたのと同じ草が詰め込まれた、小さな布袋が下がっている。気休めの側面もあるが、虫除けを身につけることは、それなりに効果が期待できる。

そうしたことも、今日、遊馬が集落の人々と知恵を出し合い、皆でやろうと決めた疫病予防策の一つだった。

ベッドに腰を下ろし、遊馬はふうっと深い息をついた。

窓の外は、漆黒《しっこく》の闇である。

今夜は新月の夜だ。さすがに、こんなことが起こった夜には、漁に漕《こ》ぎ出す船もない。

「それにしたって、今日の集落の皆さんは、とても立派でした」

遊馬がしみじみと口にしたそんな言葉に、クリストファーも麻の清潔な寝間着を頭から被《かぶ》りつつ、「そうだな」と同意した。

美しい砂浜で、小舟ごと……そして望むらくは、ペストを媒介するシラミやノミごとごうごうと焼かれている哀れな女性の骸《むくろ》を背に、ケイデンは、若き長らしい潔《いさぎよ》さで、今、ヨビルトン集落が疫病の危機に晒《さら》されていることを、集めた住人たちにズバリと告げた。

泣き叫ぶ者、狼狽《うろた》える者、呆然《ぼうぜん》とする者、ただ静かに絶望する者、そんな大人たちの異状に動揺して泣き出す子供たち……。百人を越える集落の住人たちが遊馬が想像したとおりのパニックに陥《おちい》り、遊馬は途方に暮れた。

もし、集落ごと封鎖されるという恐怖に耐えかね、集落の人々が逃亡をはかろうものなら、遊馬にはもう手に負えないことになってしまう。

十四世紀のヨーロッパでも、ペストの流行地から逃げ出した人々の中に、ペスト菌に感染していてもまだ発症していなかった者が含まれていたせいで、流行が他の土地にたちまち飛び火したという。同じことがこのマーキスで起これば、なすすべもなく島じゅうにペスト患者が溢《あふ》れかえることだろう。

だがケイデンは、さっき、遊馬とクリストファーに見せた弱さを見事に隠し、長として堂々と人々に告げた。

集落の封鎖は、疫病をここで食い止めるという自分たちの誇りを見せる格好の場であり、それを見届け、共に疫病の危機に晒されるいわば「人質」が、クリストファーと遊馬であると。

「この男は、王様の片腕だ。こいつが俺たちと一緒にいる限り、王様は俺たちを見捨てることはできねえんだ。心配すんな。なあ、そうだな？」

「お、おう」

困惑しつつも、パニックを収めるためには協力するしかないクリストファーの背中をどやしつけ、ケイデンは次に、キョドキョドしている遊馬をビシッと指さした。

「しかもこのチビは、こう見えて、前にも疫病を防いだことがありやがる。こいつの知恵を借りて、みんなで力を合わせて、切り抜けるんだ！」

「えっ？　いや、僕は耳学問《みみがくもん》で、実際にやったことは」

思わず真正直に否定しようとした遊馬を、ケイデンはぎろりと睨んだ。とにかく今は話を合わせろと言わんばかりの目配せを盛んに送られて、遊馬はやけっぱちの勢いで嘘を言わざるを得なくなる。

「あああ、もう！　はい、そうです！　疫病に罹らないために、皆さんができることがたくさんあります！　泣いてる暇なんか、全然ないですよ！」

それを受けて、ケイデンは両手を広げ、自信満々の態度で言い放った。

「な？　心配は要らねえ。いいか。十日だ。十日、全員が無事に過ごせれば、俺たちは疫病からマーキスを救った英雄になれる。王様が、たんまりご褒美《ほうび》をくださるぞ。楽しみじゃねえか。だよなあ？」

ドンと脇腹を肘で小突かれ、嘘の下手《へた》なクリストファーも、それが人々を落ちつかせる大きな要素になると腹を括《くく》って、独断で承諾《しょうだく》する。

「ああ、勿論《もちろん》だ！　ロデリック陛下は寛大な御方だ。必ずや、皆の尽力に、皆の想像以上に報いてくだされる。さあ、共に疫病を食い止め、このヨビルトン集落の名を、マーキスに……いや、異国までも遥かに轟《とどろ》かせようぞ！」

クリストファーの必死なだけに酷《ひど》く嘘臭《うそくさ》い芝居も、よく見れば、細かく震えているケイデンの指先も、槍のように鋭く遊馬の胸を打った。

（ケイデンさんもクリスさんも、僕と違って、病気の本態を本当の意味では理解できていないんだから、恐怖心は他の人たちと同じだけあるはずだ。それなのに、身体を張って、命をかけて、疫病と闘う覚悟を決めたんだ）

無論、遊馬も、油断すると「怖い」と叫びだしてしまいそうなくらいには怯《おび》えている。だが、この世界で自分だけが、ペストという疫病との戦い方を知っているのだ。それこそ、怖がっている場合ではない。一秒でも惜しんで、行動しなくてはならない。

遊馬は、腹に力を込めて、これまで一度も出したことがないような、ピンと張った声を上げた。

「やりましょう！　今日から十日間の合言葉は、『清潔、睡眠、食事』です。皆さんは、いつもどおりに生活してください。集落を封鎖しても、家に閉じこもる必要はありません。でも、いつもよりお家と自分自身を清潔にして、疲れをためないようグッスリ眠って、栄養のあるものをしっかり食べましょう。それが、疫病を遠ざける最高にして唯一の方法です」

あまりにもシンプルな指示に、人々はむしろ呆気《あっけ》に取られた様子で、遊馬を凝視する。

「そんなことでいいのかい……？　疫病ってのは、そんな当たり前のことで防げちまうのかい？」

「防げます！　当たり前のことをちゃんとやるってのが、今はいちばん大事なんです。無理矢理閉じこめられるって気持ちは捨ててください。僕たちは、自分たちを守りつつ、マーキスの国全体を守るための戦いを始めたんです。怖いのは、みんな同じですから。みんなで怖がって、みんなでそれぞれできることを精いっぱい頑張りましょう」

決して煽《あお》ることはせず、ただ穏やかな言葉を重ねる遊馬の声に、人々は顔を見合わせ、ゆっくりと頷《うなず》き合う。

ドラマなら、監督に「緊迫感が足りない！」と怒鳴られるような光景だが、それが現実の生活というものなのかもしれない。

恐れおののき、泣き喚《わめ》いたとしても、病の危険はまったく目減りしないのだ。だとすれば、遊馬が言うように、落ちついて、やれることをやったほうがいい。

不安げな子供たちが共にいることも、大人たちを落ちつかせるのに大いに役立ったようだ。親たちは怯える子供たちを抱き、つとめて笑顔でいようとしている。

遊馬は少しだけ安堵《あんど》して、皆の顔を見回し、こう言った。

「僕はよそ者なので、どうしても足りない知識があります。特に、虫除けです。虫を避けるための工夫《くふう》、あと、そうだ。この集落はとても綺麗《きれい》ですけど、それでもネズミはいるでしょう。ネズミを捕まえるための知恵を、どうかここで出し合ってください。日が落ちる前に、ひととおりの対策を済ませたいですから」

「おう、それだったら、うちの婆《ばあ》さんはねずみ取りの達人だぞ」

「虫除けなんてあんた、あの草を天井から吊せばイチコロだよ」

「いや、吊すより燻《いぶ》すほうがいいだろ」

「塩を家の床に撒《ま》くってのはどうなんだい？」

ごく日常的な知識を求められ、大人たちはここぞとばかり、口々に意見を述べ始める。

ケイデンは振り返り、遊馬にバチンと片目をつぶってみせた……。


「集落の皆も立派だが、お前もよくやった。お前の言うことは、いつも地に足が付いているから、皆も心を静めて行動できるようになったんだろう」

クリストファーはそう言って、ニッと笑う。疫病という未知の恐怖に一度は狼狽《ろうばい》したものの、今はもう、いつもの豪胆《ごうたん》な彼である。たとえそれが必死の演技であったとしても、遊馬には、師匠がいつもどおりでいてくれることが、何より頼もしい。

「クリスさんは、いつもそうやって褒《ほ》めてくれるから。だから僕、実力以上のものを出せるんですよ。今も、怖いですけど、思ったほどは怖くないです。ダメなら仕方ないって気持ち」

「おいおい、お前がそんな風でどうする。いつもどおりの生活を……何だったか、そうだ、『清潔、睡眠、食事』に気をつけて過ごせば疫病を遠ざけられると言ったのは、お前だぞ」

「それは本当ですけど、それで完璧《かんぺき》ってわけじゃないですからね」

「何ごとにおいても、完璧なんてものはあるまい」

「そういうことです」

互いのベッドに腰掛け、向かい合って、二人はくたびれた笑みを交わした。

遊馬は、ぽつりとこう打ち明けた。

「この前、ジャヴィードさんに会いに行ったとき、僕、迷ってました。元いた世界で得た知識や技術を、こっちの世界に持ち込みすぎるのは、正しいことなのかなって」

クリストファーは、ちょっと痛そうに顔をしかめる。

「そう、だったのか。……その、すまん。いつもつい、お前に頼りすぎていることは自覚している。俺だけでなく、ロデリック様も、フランシス様も……今は、集落の皆が。お前の肩に、重荷を負わせすぎているな」

遊馬は、小さく笑ってかぶりを振った。

「そういうところも、なくはないですけど、でも、頼られて嬉しくない人間はいません。僕だって、嬉しいです。ただ、僕が介入することで、色んな人の運命を変えてしまうかもしれない。それがずっと怖かった。だけどもう、怖がるのはやめました」

どこかあっけらかんとした口調でそう言った遊馬の顔を、クリストファーは心配そうに覗《のぞ》き込んだ。

「それは、ジャヴィードの奴に何か言われたからか？　まさかお前、自棄《やけ》になったわけじゃあるまいな」

「そりゃまあ、ちょっとはヤケクソです。特に今は」

「おい」

「でもヤケクソって、そう悪いものじゃないですよね。謎の力が湧いてくるし」

「それはまあ、そうかもしれんが」

「だけど、それだけじゃないです。僕がいくら自分が持ってる知識を持ちこんだとしても、それを受け入れる素地がなければ、根付きません。たとえば僕が、僕の世界にはある疫病の特効薬の話をしたところで、それをここで作ることはできないんです」

　クリストファーは、浅く頷くことで相づちに代える。遊馬は、気持ちを正しく言葉にしようと努力しながら、ゆっくりと話を続けた。

「根付くからには、それはこの世界にあっていい知識、技術なんだと思うことにしました。今も、もし僕たちが疫病を免れることができたら、このやり方が、マーキスに、ううん、他の国にも伝わっていくでしょう。それで、本来は死ぬはずだった人たちが、死なずに済んで……色んな運命が変わっていってしまうのかもしれない。でもそれも、あっていいことなんだと思うことにしたんです」

　そこで言葉を切って、何を言えばいいのかわからないと顔じゅうで表現してくるクリストファーに、遊馬は明るい笑顔を向けた。

「だって、僕は今、ここにいるんですから。ここで、一生懸命生きるだけです」

「アスマ……」

「いつも心配掛けてごめんなさい。だけど、僕に頼ることを、そんな風に済まないなんて思わないでください。僕は、僕がよりよく生きられるように行動するだけです」

「……そうか」

遊馬の言葉を噛《か》みしめるように、クリストファーは深く、幾度も頷いた。そして、大きな手で、感謝と労《いたわ》りを込め、遊馬の頭をポンと叩いた。

「わかった。さて、寝るとしよう。お前の書簡を、お城のお二方は正しく理解してくだされただろう。朝いちばんに、集落を封鎖すべく、兵が遣わされるはずだ。夜明け前には起きて待っておらねばならんぞ」

「ああ、そうですね。書簡でお願いしておいた、籠城《ろうじょう》戦のための物資、封鎖ついでに持って来てくれるといいんですけど」

「物資？」

「娯楽《ごらく》です。封鎖されてるって思うと、どうしても圧迫感とか閉塞感が出ちゃうでしょう？　十日って、短いようで、けっこう長いです。だから、気が紛《まぎ》れるようなものをお願いしておきました。特に子供たちのために」

意外な言葉に、クリストファーは首を捻《ひね》る。

「いったいお前、何を頼んだんだ？」

すると遊馬は、悪戯《いたずら》っぽく笑った。

「ケイデンさん、学校がほしいって言ってたでしょう？　だから、城下町の子供たちが使ってる教科書や、物語の本や、あとはちょっと贅沢《ぜいたく》して、綺麗な図鑑を何冊かリクエストしました。こういうところには、なかなかそういう豪華な本は回ってきませんから。みんなで見て勉強できたら、楽しいいし、時間も潰れるでしょう？　疫病のことを忘れていられる時間を作るってのも、大事なことですから」

「……お前は本当に、大した奴だな」

クリストファーは、感心半分、驚き半分で遊馬を見る。遊馬は照れ笑いしつつ、こう言った。

「僕だけじゃなく、クリスさんも先生役ですよ？」

「俺もか？」

「鳥類の図鑑をお願いしておきましたから、鷹についての講義をお願いします」

「そ……それなら、まあ、何とかやれるかもしれんが」

「是非《ぜひ》。ホントは感染予防の観点から言うと、集会は避けて、それぞれの家にこもってくだざいって言うべきなんですけど、今回は、みんなで支え合って、励《はげ》まし合って頑張らないと、持ちこたえるのが難しそうだから。学校の予行演習をみんなでやって、少しでも目新しい、楽しい時間を持ちましょう。僕もこの際ですから、公衆衛生の話をわかりやすくしようと思います。ああ、でも今夜はもう限界。ジャヴィードさんに感謝しつつ、僕は寝ます」

　そう言って、遊馬はベッドにゴロリと横たわった。

「ジャヴィードに感謝、か。勿体《もったい》ぶった言い方をするなと文句の一つも言いたいところだが、確かに、俺たちが今日、あの死体の漂着現場に居あわせていなかったらと思うと、ゾッとする。そういう意味では、感謝せねばならんのだろうな。どうにも業腹《ごうはら》だが」

　そんな不平を言いつつ、クリストファーは枕元の灯りを吹き消し、ベッドに潜り込む。

「おやすみなさい」

「おやすみ」

　挨拶《あいさつ》を交わし、枕に頭を預けて、遊馬は身体の力を抜いた。

　アドレナリンが身体じゅうを駆け巡っていたせいで気付かなかった疲労が、今は全身に澱《よど》んでいるのがわかる。瞼《まぶた》が、急激に重くなってきた。

　虫除け効果があるという草を、集落のすべての家で燻《いぶ》し続けているので、窓から入ってくる今日の夜風は、どうにも薬臭《くさ》い。だが、その匂いが疫病から自分たちを守ってくれるのだと思うと、皆の不安も、少しは薄らいでいるだろうか。

（みんな、どうにかグッスリ眠れているといいな。でないと免疫系が頑張れなくなっちゃうから）

そんなことを考えながら、遊馬は闇の中で大きな欠伸《あくび》をして、目を閉じた。

遊馬たちからの緊急報告は、昼過ぎ、無事にマーキス城にいる国王ロデリックと宰相《さいしょう》フランシスのもとに届いた。

遊馬の書簡を携《たずさ》え、馬にしがみついて、どうにか城に辿《たど》りついた二人の子供たちは、遊馬の指示に従い、徹底的に水浴びさせられた後、新たな服と食事を与えられた。

その後、子供たちはマーキス港のすぐ近くにあるネイディーン神殿に送り届けられた。疫病の危険に未だ晒《さら》されている集落に、彼らをすぐ戻すわけにはいかない。女神ネイディーンの加護のもと、遊馬曰《いわ》くの、疫病を発症する可能性がある「潜伏期間」を、家族や知人の無事を祈りながら過ごすことになったのである。

そして、遊馬とクリストファーが眠りに就《つ》いた頃、マーキス城内では、国王ロデリックと宰相フランシスが、なお執務室にいた。

「ヨビルトン集落を焼き払えという過激な主張をする議員どもは、どうにか押さえ込みました。さような冷酷《れいこく》な前例を作れば、今後、疫病が発生した集落の民は、恐怖でちりぢりに逃亡してしまうであろう、それは逆効果になると説《と》き伏せ……」

「説得、大儀《たいぎ》であった。アスマの入れ知恵の賜《たまもの》だな」

長椅子《ながいす》で銀の杯に入った蜂蜜酒《はちみつしゅ》をちびちび舐《な》めながら、ロデリックはニヤリとして、向かいの椅子に掛けた弟の、美しいが疲労困憊《こんぱい》の顔を見た。

フランシスは、小さく肩を竦《すく》めて肯定の返事に代える。

「あれを信じることが正しい行いか否《いな》か、わたしには未だ判断がつきませぬが、兄上の命に従いました。……確かに、アスマからは今日に至るまで大いなる助けを得てきました。されど、まことに疫病までをも封じることがかなうのでございましょうや」

フランシスの不安げな声に、ロデリックは長い嘆息《たんそく》で応えた。

「わからぬ」

「わからぬとは、また……」

「わかる風を装《よそお》うほうが、不誠実であり、欺瞞《ぎまん》であろうよ。わからぬ。わたしにはわからぬし、アスマ本人にもわかるまい。ただ、アスマの申すことは正しい。恐怖で支配すれば、その恐怖はいずれこちらに返って来る。何倍にも膨《ふく》れあがってな」

「とは申せ、温情のみでは、政《まつりごと》は成り立ちませぬ。疫病は、国を滅ぼすもの。アスマの一存では……」

「アスマの一存ではない。わたしの決定だ。ヨビルトンの民が首尾《しゅび》よう生き延びれば、よき前例となり、疫病を防ぐための手立てが確立しよう。それは、病からの逃げ場のない小さき島国である我がマーキスにとり、何よりの財となる」

思慮《しりょ》深い兄の言葉に、フランシスも同意する。

「然《しか》り。されど、万が一、疫病が集落に蔓延《まんえん》した折には……」

心を鬼にして、集落から誰ひとり出ることを許さず、見殺しにせねばならない。フランシスが声に出して兄に警告する前に、ロデリックは静かに言葉を挟んだ。

「クリスは、わたしに手を汚させることはせぬ」

「……兄上」

フランシスは、驚きに明るいブルーの目を見張る。ロデリックは目を伏せ、いつもの陰《いん》鬱《うつ》な表情でボソリと言った。

「万が一、ヨビルトン集落で疫病患者が出たその折には、クリスは己が身ごと、集落を焼き払うだろう。あれはそういう男だ。されど、アスマはおそらくしくじるまい。あれは、不思議な男だ。子供のように弱々しく幼い見てくれをしておきながら、いざというときには、誰よりも疾《と》く、正しく、力強く立ち回る」

「……兄上は、あの者どもを誰よりも信頼しておられますからな」

「そなたの次にな」

サラリとそう告げ、ロデリックは杯を干した。

フランシスは一瞬、心底驚いた顔をしたが、すぐに澄ました表情を取り繕《つくろ》い、卓上の水差しを取り上げた。

兄の杯を黄金色の蜂蜜酒で満たし、自らの杯にも十分な量を注ぐ。

「では、愚弟《ぐてい》と致しましては、その過分な信頼に僅《わず》かなりともお応えせねばなりますまいな」

弟の言葉に、ロデリックは片眉《かたまゆ》を上げる。

「そなた、何をするつもりだ？」

するとフランシスは、いつもの大輪《たいりん》の花のような笑みを浮かべ、兄の陰鬱な顔を見た。

「アスマが、集落の子らの心を安らげるべく、美しい書物を所望《しょもう》しております。命懸けの働きに免じて、その程度の我《わ》が儘《まま》は許してやろうと思いまするが、何分にも、城の図書室より貴重な書物を持ち出すのです。値打ちのわからぬ、むくつけき兵などに託すわけにはいきますまい」

弟の意図に気付いたロデリックは、珍しく慌てた様子で杯を置いた。

「フランシス。そなた、もしや」

フランシスは、平然と頷《うなず》く。

「書物はわたしが赴《おもむ》き、届けることに致しましょう」

「されど、それではそなたが」

「たとえ兄上の信篤《あつ》き二人とて、議会の貴族連中を抑え続けるには到底、身分が足りませぬ。アスマは言うまでもなく、フォークナーとて、たとえ国王補佐官でもしがない平民、貴族連中は軽視しておりましょう」

「む……」

「今宵《こよい》は焼き討《う》ちを諦めさせましたが、連中は、心より納得してはおりますまい。疫病への恐怖から、やってしまえば兄上やわたしも諦めるであろうと、私兵を雇い、勝手な振舞いに及ばぬとも限りませぬ。さようなことがあれば、アスマが申すとおり、今後、いずれの集落も、封鎖に同意は致しませぬ。我等は、疫病を防ぐための重要な手立てを失うことになりまする」

ロデリックは、きつく眉根を寄せ、骨張った手で口元を覆《おお》った。その指の合間から、振り絞《しぼ》るような声が漏《も》れる。

「その危険性は、わたしとて憂慮《ゆうりょ》してはおった」

「で、ありましょう。なれば、宰相にして王弟たるわたしが『人質』に加わってやれば、連中とて、迂闊《うかつ》にヨビルトン集落に手は出せますまい」

ロデリックは、疲労に血走った暗青色の目で、弟の晴れやかな笑顔を見る。

「されど、そなたを失うわけにはゆかぬ」

「アスマを信ずると仰せになったばかりではありませぬか」

「されど！」

「ロデリック兄上」

心をこめて兄の名を呼び、フランシスはしみじみと言った。

「若気の至りとはいえ、詮無《せんな》きことで兄上を恨み、憎み、一度はお命を奪おうとしたこのわたしを許し、宰相としてお傍に置いてくだされたこと、感謝してもし尽くせるものではありませぬ」

ロデリックは、小さくかぶりを振った。

「よいのだ。あれはすべて、このわたしの不甲斐《ふがい》なさが招いたこと。それにそなたは、宰相として存分に辣腕《らつわん》を振るうてくれておる。この国を動かしておるのは、実際はわたしではない。そなただ」

「さような謙遜《けんそん》をなさるものではありませぬ。兄上が、わたしが宰相として、存分に腕を振るい、己が重き罪を僅かなりと濯《すす》げるよう計らってくだされていること、知らぬとでもお思いか」

「…………」

ロデリックは、決まり悪そうに沈黙する。フランシスは、美しく口角を上げ、いっそう笑みを深くした。

「こたびのこと、何としても上首尾にやり遂《と》げねばなりませぬ。このマーキスを疫病《えきびょう》より守るべく、わたしはかの地に赴きまする。あと九日の間、政のすべては兄上の御手に」

揺るがぬ決意を口にした弟に、ロデリックはようやく顔から手を離し、いつもの皮肉な笑みを瘦《や》せた頰《ほお》によぎらせた。

「それはそれで、貧乏くじを引かされた気がせぬでもないが……心得た。フランシス」

「はい」

「必ずや、生きて戻れ。そなたが疫病を退けるあいだ、わたしはこの国を守りおろう」

静かにそう言って、ロデリックは杯を取り上げた。フランシスも、自分の杯を手にした。

「ご命令、承《うけたまわ》りました。フォークナー、アスマを連れて、兄上の御許に戻りまする」

互いに親密な、同時に神聖な誓いの言葉を口にして、兄弟はそれぞれ杯を軽く上げ、皆の幸運を心から祈ったのだった。

＊　　＊

「せんせい！　せんせーい！」

窓の外から聞こえてきた子供特有の甲高《かんだか》い声に、遊馬はハッと目を開けた。

昼食を摂《と》ったあと、長椅子にゴロリと寝ころんだところまでは覚えているが、その後の記憶がない。どうやら、ほぼ瞬時に寝入ってしまっていたらしい。

(僕はまだ学生で、先生じゃ……あ、いや、そうか)

周囲を見回し、遊馬は思わず苦笑いした。

彼が今いるのは、ヨビルトン集落にただひとつの宿の客室だ。

宿の主人の厚意で、いつもは旅人や集落の人々が宴会を催《もよお》すための広間を、今は臨時の学校として提供してもらっている。

子供たちがいつでも学びに、あるいはただ気晴らしに来られるよう、遊馬は極力、宿にいることにしていた。

いわば、臨時の「常勤講師」である。

だが、遊馬が部屋の窓から顔を出し、「はーい」と返事をしようとしたとき、また、子供たちの声が聞こえた。

「フランシスせんせーい！　おはなし！」

「おはなし、きかせて！」

遊馬は危ういところで、声を出しかけた口を片手で塞ぎ、ふふっと笑った。

この集落に来ても、トレードマークの青い長衣を着込んだフランシスが、宿の前で、五人の子供たちに囲まれ、服や手を引っ張られている。

「これっ、離さぬか！　まったく、躾《しつけ》のなっておらぬ子らだ」

フランシスの小言《こごと》など少しも意に介さず、子供たちはフランシスに笑顔でじゃれついている。

「おーはーなーし！　きのうのつづき！」

「きつねさんはどうなったの？　うさぎさんとおともだちになれたの？」

「それとも、うさぎさん、たべられちゃった？」

どうやら、フランシスは昨日、物語を途中で切り上げたらしい。物語の結末が気になる子供たちが、先を催促《さいそく》しに押しかけてきたのだろう。

「続きをわたしから聴くのではなく、自分たちで考え、話を作ってみるがよい。結末は、そなたらが望むように作ればよいのだ」

「やだ！　フランシス先生がかんがえたおはなしがいい！」

「おひざでおはなし！」

それを聞くなり、遊馬はつい噴き出してしまった。

あの気難し屋で気取り屋のフランシスが、平民、しかも幼い子供を膝に抱いて童話の読み聞かせをする姿など、まったく想像ができない。

（最初、フランシスさんが本を抱えて集落に入ってきたときは、何ごとかと思ったけど……すっかり子供たちに懐かれちゃって、まんざらでもないみたい）

うるさいと叱《しか》りながらも、フランシスはいちばん幼い子供を片腕で抱き上げ、もう一方の手で五、六歳の少年と手を繫《つな》ぎ、他の子供にまとわりつかれながら、宿の玄関へ向かう。

おそらく、涼しい広間で子供たちの相手をしてくれるつもりなのだろう。

遊馬はニコニコして、窓から首を引っ込めた。

フランシスは、「本を届けに来てやっただけだ」と嘯《うそぶ》いていたが、遊馬にもクリストファーにも、彼の本当の目的は痛いほどわかっている。

疫病を退けようと奮闘するヨビルトン集落の人々の命を、宰相《さいしょう》の立場から守るべく、彼はこの危険な空間に身を投じてくれたのだ。

（フランシスさんにそこまでの侠気《おとこぎ》があるとは、正直、思わなかったなあ……）

遊馬がぼんやりそんなことを考えていると、背後から軽い咳《せき》が聞こえた。彼は慌てて振り返った。

「大丈夫ですか？」

遊馬の視線の先にあるのはベッド、そしてそこに胡座《あぐら》をかいているのは、クリストファーだった。

少しゲッソリした顔の彼は、申し訳なさそうに頷《うなず》いた。

「もうすっかり平気だ。……その、心配をかけたな」

「まったくですよ」

実感のこもった声でそう言い、遊馬はくたびれた笑みを浮かべた。

今日で、死体が流れ着いてから、約束の十日を過ぎ、十一日目になる。

あれから毎日、今日も大丈夫だった、今日も大丈夫だったと、一日一日を、不安と安堵《あんど》の連続で過ごしていた遊馬たちは、一昨日、恐怖のどん底に叩き落とされた。

まさかのクリストファーが、発熱し、頭痛を訴えて寝込んだのである。

人一倍頑丈な彼が寝込んだことで、集落はかなり深刻な恐慌状態になった。

もしや疫病に感染したのでは、と皆、恐れたのだ。

遊馬もまた、大きな不安の中にいた。

全身をくまなく調べたが、少なくとも、虫の嚙《か》み痕とおぼしきものは見つからなかった。

とはいえ、腺《せん》ペストの初期症状は、いわゆる「風邪《かぜ》」にすこぶる似ていることがある。

たとえリンパ節が腫《は》れていなくても、油断はできない。

遊馬は、このまま症状が続くようなら、自分とクリストファーをこの部屋に隔離してもらおうと覚悟を決めていた。

だが、昨日の夕方になって、クリストファーの熱はあっさり下がり、軽い咳が出るくらいにまで回復した。頭痛ももうなくなったらしい。

つまり、疫病ではなく、本人曰く「蒸し暑いので腹を出して寝た」せいで、軽い風邪を引いただけだったのだ。

フランシスは、「集落の他の民が健《すこ》やかに過ごしておるのに、よりにもよってそなたひとりがくだらぬ病を得るとは、まったく不甲斐《ふがい》ない。このこと、陛下にご報告申し上げるからな」とここぞとばかりに小馬鹿にされ、ケイデンにも「紛《まぎ》らわしいこと、してんじゃねえよ」と真剣に憤られて、クリストファーはすっかりしょげてしまっているのである。

「元気出してくださいよ、クリスさん」

遊馬は、クリストファーのベッドの端に腰を下ろした。

「僕のいた世界では、『馬鹿は風邪を引かない』ってよく言うんですよ。つまり、クリスさんは馬鹿じゃないってことです」

「……それはともかく、己が不甲斐ない。気を抜いたつもりはなかったんだが」

「きっと、集落のみんなのことを心配しすぎて、クリスさん、疲れてたんですよ。だから、風邪の菌にやられちゃったんだ」

「だが」

「大丈夫。丸二日で治ってくれて、よかったですよ。それ以上続いてたら、マジでペストを疑うところでした。そうせずにすんで、よかったぁ」

「あ……ああ」

クリストファーは、やはりうかない顔で、鈍く頷く。

「クリスさんがただの風邪だってわかったから、僕たち、今日、集落の封鎖を解いて、帰ることができるんですよ」

「ああ」

「ほら、もっと喜んで！　ケイデンさんが、お祝いの宴《うたげ》を開くから、もう一日滞在を延ばせっていってくれたんじゃないですか。クリスさんがいつまでもひとり凹《へこ》んでたら、みんなが気にしますよ」

「……そうだな。すまん」

クリストファーは、まだ元気がないものの、それでも微《かす》かに笑ってみせる。

「馬鹿は風邪を引かない、か。今の俺には、なんともありがたい慰めだ。……まあ、これも今となっては、笑い話にできてよかったと言うべきなんだろうな」

「そうです。この際、ロデリックさんにも、喜んで告げ口されましょうよ」

「ああ。きっと、人の悪い顔でお笑いになるに違いない。そなたは何をしておるのだと」

自分をからかう主君の顔を想像したのか、クリストファーは大袈裟《おおげさ》に顔をしかめ、それからとうとう笑い出す。

遊馬も一緒にひとしきり笑ってから、ふう、と息を吐き、感慨深そうにこう言った。

「今回も、大冒険でしたね」

「まったくだ。お前といると、予想外の事件には事欠かんな」

「ええ？　それはこっちの台詞《せりふ》ですよ」

「そんなことはあるまい」

二人がくだらない口論を始めそうになったそのとき、「間違いなく、それはわたしの台詞だ」という声が聞こえて、二人は反射的にベッドから飛び降りた。

声の主は、間違いなく二人がよく知る人物だったからだ。

予想どおり、廊下《ろうか》から、扉を開けっぱなしにした客室に顔を出したのは、フランシスだった。彼は、美しい顔をしかめ、ツケツケと言い放った。

「まったく、そなたらと共にあると、予想外の経験ばかりする羽目になる」

そこで言葉を切り、フランシスは、片手で二人を差し招いた。

「それはそうと、フォークナーはもう快癒《かいゆ》したのであろう？　怠《なま》けておらず、二人とも疾《と》く広間に来るがよい。行儀作法《ぎょうぎさほう》のなっておらぬ子らの相手を、いつまでわたしひとりに押しつけておくつもりだ。まったく、次から次へと物語をせがまれ、もう語る話の持ち合わせがないではないか」

そう言い終えるが早いか、再び子供たちが自分を呼ぶ声を聞きつけ、フランシスはそそくさと広間へ戻っていく。

「……所変われば品変わると言うが、所変われば人変わる、だな」

実感のこもった声に、遊馬もつくづくと同意した。

「ホントに。何だかフランシスさん、ヴィクトリアさんにとってはいいお兄ちゃんだったっての、わかる気がしてきました」

「俺もだ。……さて、この大冒険の締め括《くく》りに、フランシス様の物語などを拝聴させていただくとするか」

「あっ、それ賛成！　僕、まだ聴かせてもらってないんですよね。僕が部屋に入ると、照れてやめちゃうから」

「俺もだ。……失礼ながら、扉の陰で聴かせて頂くとしよう」

「で、それをロデリックさんに、告げ口しちゃうと」

「告げ口ではない。土産話《みやげばなし》だ」

「なるほど！」

そんな会話をしながら、クリストファーと遊馬は、足音を忍ばせて広間へ向かう。

広く開け放った窓からは、今日は潮の香りがする「南からの風」が、爽《さわ》やかに吹き抜けた……。

※この作品はフィクションです。実在の人物・団体・事件などにはいっさい関係ありません。

集英社オレンジ文庫をお買い上げいただき、ありがとうございます。
ご意見・ご感想をお待ちしております。

● あて先
〒101-8050　東京都千代田区一ツ橋2-5-10
集英社オレンジ文庫編集部 気付
椹野道流先生

時をかける眼鏡

魔術師の金言と眼鏡の決意

集英社
オレンジ文庫

2019年6月26日　第1刷発行

著　者　椹野道流
発行者　北畠輝幸
発行所　株式会社集英社
〒101-8050東京都千代田区一ツ橋2-5-10
電話【編集部】03-3230-6352
【読者係】03-3230-6080
【販売部】03-3230-6393（書店専用）
印刷所　大日本印刷株式会社

※定価はカバーに表示してあります

ISBN 978-4-08-680257-4 C0193

椹野道流

時をかける眼鏡

シリーズ

①医学生と、王の死の謎

母の故郷マーキス島で、過去にタイムスリップした遊馬。
父王殺しの疑惑がかかる皇太子の無罪を証明できるか!?

②新王と謎の暗殺者

現代医学の知識で救った新王の即位式に出席した遊馬。
だが招待客である外国の要人が何者かに殺され…?

③眼鏡の帰還と姫王子の結婚

過去のマーキス島での生活にも遊馬がなじんできた頃、
姫王子に大国から、男と知ったうえでの結婚話が!?

④王の覚悟と女神の狗《いぬ》

女神の怒りの化身だという“女神の狗”が城下に出現し、
人々を殺したらしい。現代医学で犯人を追え…!

⑤華燭の典と妖精の涙

外国の要人たちを招待した舞踏会で大国の怒りを
買ってしまった。謝罪に伝説の宝物を差し出すよう言われて!?

⑥王の決意と家臣の初恋

ヴィクトリアの結婚式が盛大に行われた。
だがその夜、大国の使節が殺害される事件が起きる!!

⑦兄弟と運命の杯

マーキス島を巨大な嵐が襲い、甚大な被害が及んだ。
そんな中、嵐で壊れた城壁からあるものが発見されて…。

好評発売中

集英社オレンジ文庫

青木祐子・阿部暁子・久賀理世
小湊悠貴・椹野道流

とっておきのおやつ。

5つのおやつアンソロジー

少女を運命の恋に落としたたい焼き、
年の差姉妹を繋ぐフレンチトースト、
出会いと転機を導くあんみつなど。
どこから読んでもおいしい5つの物語。

好評発売中

【電子書籍版も配信中　詳しくはこちら→http://ebooks.shueisha.co.jp/orange/】